양의 실수

강지영

장편소설

양의 실수

아무리 생각해도 생명은 싸다. 파계초등학교 구름다리 아래에서 파는 병아리는 2천 원이다. 홈플러스 애완동물 코너 가장자리 수조의 구피는 한 마리에 1천 원이다. 그 옆의 햄스터는 4천 원이다. 게다가 하루이틀 새 죽으면 팔팔한 놈으로 교환까지 해준다. 라테 한 잔 값이면 병아리와 구피, 햄스터를 살 수 있다.

나도 생명답게 싼 편이다. 웹디자이너가 된 지 6년 차인데 연봉은 고작 2천 8백만 원이다. 그런데 우리 사무실 홍 사장의 계산법대로라면 나는 터무니없이 비싸다. 앉아서 짤각짤각 클릭 몇 번, 따각따각 단축키 몇 번으로 다달이 2백만 원 넘게 가져가니 거저먹는 셈이란다.

"야, 손 팀장아. 수주 줄고 자금 막혀서 나 헐떡대는 거 안 보여? 다 같이 졸라맬 생각을 해야지, 허리띠 풀자고 덤비는 게 말이 되냐? 어? 천날만날 인터넷 쇼핑몰이나 들여다보고 있는 것들이!"

샌드위치 패널로 공간을 분리한 사장실에서 홍 사장이 디자인팀 손 팀장에게 핏대를 세웠다. 그녀는 나보다 6년 먼저 입사했지만 연봉은 비슷했다.

"그거 레퍼런스 찾는 거잖아요. 저나 유양 대리나 그렇게 양심 없는 인간들 아니에요. 상징적으로 1백만 원만 올려주세요. 버티면 좋아질 거란 희망만 있으면 돼요, 네?"

마흔넷에 애가 둘 달린 싱글 맘 손 팀장이 코 먹은 소리로 울부짖었다.

"시 쓰냐? 상징 좋아하네. 계속 짖을 거면 나가. 그리고 너희들 식대도 앞으로 8천 원에 맞춰. 넘는 건 영수증 올릴 생각도 말아. 사장을 아주 호구로 보고 있어. 씨발, 실력도 개판인 것들이 무슨 염치로 연봉 인상을 요구해?"

손 팀장은 눈물로 번들거리는 얼굴을 푹 숙이고 사장실을 나왔다. 45킬로그램이나 될까. 깡마른 그녀의 손이, 젖은 뺨을 빠르게 닦는 그 작고 가는 손이 간단없이 떨렸다. 팀원도 없는 영업팀 팀장과 총무팀 대리가 민망한 표정으로 자리에서 일어나 담뱃갑을 흔들며 사무실을 떠났다.

"홍세표, 저 새끼. 킬러 사서 죽이고 싶어. 돈 없어 못 하는 게 분해 죽겠어. 내가 그 하찮고 시답잖은 디자인 하다 목 디스크 오고 위염 앓고 터널증후군 수술까지 했는데, 짖는다니. 어떻게 사람을 개 취급해?"

손 팀장은 포장에 교회 이름이 박힌 얇은 물티슈를 꺼내 얼굴을 닦았다. 파운데이션이 벗겨지며 붉게 달아오른 튀튀한 살색이 드러났다.

"그래도 계속 다니실 거죠, 손 팀장님은."

나는 서랍을 열어 외장 하드를 꺼냈다. 포트폴리오로 쓸 만한 파일들을 백업하고 머그 컵에 꽂아놓은 칫솔과 치약을 쓰레기통에 처박았다. 내 돈 주고 산 충전기를 뽑고 핸드크림은 숄더백에 담았다.

"자기 지금 뭐 하는 거야? 갑자기 짐을 왜 챙겨?"

슬리퍼를 버릴까 가져갈까 고민하는데, 손 팀장이 덥석 손목을 잡았다.

"팀장님이 내 미래잖아요. 연봉은 내년에도 후년에도 동결일 거고, 곧 여기저기 고장 날 게 빤히 보이는데 더는 못하겠어요. 솔직히 아무한테도 미안하지 않아요."

슬리퍼도 버리기로 했다. 겉보기엔 멀쩡하지만 이따금 뒤꿈치 쿠션에서 바람이 빠지며 희미한 비명이 들리곤 했다.

"유 대리, 유양, 양아! 왜 이래. 자기 지금 실수하는 거야. 부모님은 돌아가시고 언니는 장애인이라며? 복지시설에 다달이 80만 원 넣어야 한단 사람이 어떻게 그만둬?"

손 팀장이 쓰레기통에 던진 슬리퍼를 도로 꺼냈다.

'왜'와 '어떻게'. 부모님이 신종플루와 코로나19로 한 분씩 돌아가실 때마다 사람들은 두 단어를 징검다리처럼 이어 내게 던졌다. 넌 왜 안 우니. 네 언니는 이제 어떻게 할 거야? 얘, 왜 파계시로 직장을 잡았어? 월세는 어떻게 감당하려고. 내게 왜와 어떻게의 징검다리는 선뜻 건너지 못할 아득한 거리였다. 왜를 설명하려면 어쩔 수 없이 부모님의 이야기를 털어놓아야 했다. 어떻게를 이해시키려면 도리 없이 언니 자연의 이야기를 늘어놓아야 했다. 말한다고 과연 믿어주기나 할까. 징검다리 대신 차갑고 어두운 강물로 뛰어드는 편이 나을 것 같았다.

"유 대리, 왜 대답을 안 해. 그만두더라도 후임자 뽑고 인수인계는 해줘야지. 어떻게 그냥 나가니?"

"저 그만둔다고 사람 안 뽑아요. 그 대신 팀장님 연봉이 한 2백만 원쯤 오르겠죠. 어쩌면 3백일지도 모르고."

손 팀장이 들고 있던 슬리퍼를 툭 떨어뜨렸다. 용기 없는 그녀가 소매로 입을 가리고 숨죽여 울었다. 사장실에서 누군가와 통화하며 껄껄대는 홍 사장의 목소리가 들렸다.

나는 2년 전에 써놓은 사직서를 키보드 위에 올려놓았다. 싸구려는 원래 어느 날 문득 떠나는 법이다. 병아리가 웅크린 채 죽듯, 구피가 수면 위에 배를 까뒤집듯, 햄스터가 뻣뻣하게 굳듯 돌연히.

입춘이 지났지만 바다를 옆구리에 낀 파계사 날씨는 무섭게 매웠다. 대학 졸업식에 맞춰 산 모직 코트는 아무리 야무지게 여며도 찬 바람이 송곳처럼 파고들었다. 이걸 골라준 사람은 언니였다.

대전 NC백화점 1층, 데코라는 브랜드 앞에서 그녀가 우뚝 멈췄다.

"저거, 양이가 입어라."

고작 여덟 음절이지만 언니는 떠듬떠듬 느리고도 힘겹게 말했다. 그녀도, 그걸 들어주는 엄마도 마치 쌀가마를 머리에 인 사람처럼 고통스러운 표정이었다.

"너무 벙벙해. 가뜩이나 말랐는데 얻어 입은 옷 같을 거야."

난 언니가 고른 쥐색 코트가 마음에 들지 않았다. 허리를 잘록하게 벨트로 묶는 알파카 코트를 향해 걸음을 옮겼다.

"자연이가 저게 좋다잖아. 엄마 보기에도 이뻐. 색깔도 얌전하고 디자인도 무난해서 오래 입을 수 있겠어."

엄마는 기어코 나와 언니를 끌고 데코 매장으로 들어갔다. 탈의실에서 코트를 입고 매장으로 나왔을 때 언니는 뒤틀린 손으로 박수 치며 희미하게 웃었다. 그녀는 경직형 뇌성마비 장애인이다. 지능은 정상이지만 관절과 근육이 굳고 뒤틀어졌으며, 이따금 뇌전증으로 발작을 일으켰다. 고관절과 아킬레스건 수술을 받고도 언니는 보행 보조기 없이는 걷지 못했다.

"역시 우리 자연이가 보는 눈이 고급이야, 그치?"

옷을 입은 건 난데 엄마는 언니를 내려다보며 엄지손가락을 치켜세웠다.

내 기억이 시작되는 순간부터 나는 언니가 정해준 옷과 신발을 걸쳤다. 분홍색은 너한테 안 어울려, 리본은 꼭 매듭이 길어야 해, 타이츠는 흰색, 원피스 차림인데 운동화 말고 메리 제인 신어야지.

언니가 고른 건 굽은 몸으론 입을 수 없는 블라우스나 원피스였다. 그러는 사이 내 취향도 점점 옅어졌다. 옷장 안엔 아직도 청바지나 트레이닝복이 한 벌도 없다. 언니가 좋아하는 검정, 회색, 비둘기색, 쥐색, 진보라색 원피스와 무채색 블라우스뿐이다. 다른 걸 고르려고 노력해 봤지만 왜 내 취향이 필요한지, 어떻게 만들어야 할지 몰라 나는 충충한 빛깔에 정착하게 되었다. 그럼에도 언니는 내 가장 여린 살점이고, 책임을 떠맡겨 삶을 지속하게 한 원동력이었다.

언니의 장난감 노릇을 그만두고 대전을 떠난 지 12년이 흘렀다. 파계시립대에 진학해 기숙사 생활을 했고, 조교로 2년을 일했다. 그러다 교수의 단골 디자인 회사에 취업해 3년, 몇 분 전까지 다닌 알파고 배너마켓 3년이 내 이력이었다. 포트폴리오

랍시고 백엽해 나온 파일도 '팔도미인 항시대기', '자스민 타이 마사지', '로얄당구장', '오빠노래방', '매드맥스 피씨방' 같은 파계시의 환락가 귀퉁이 가게들이었다. 내 인생의 정점은 5천만 원에 40짜리 월세 아파트를 얻은 그러께 봄이었는지도 모른다.

 정류장에 서서 버스 도착 시간을 확인했다. 집까지 가는 32번 버스는 19분, 해안으로 향하는 11번 버스는 곧 도착이었다. 파계시에 살아 좋은 건 지적에 바다가 있다는 점 하나였다. 11번 버스를 타고 네 정거장만 가면 나부해변이 나왔다. 여름엔 해수욕장이 되고 봄과 가을엔 해변 축제와 야시장이 열리곤 했지만, 겨울은 고즈넉하다 못해 을씨년스러웠다.

 나는 사계절 중 겨울의 나부해변을 좋아했다. 겨울 해변에 가면 봄, 여름, 가을에 다녀간 사람들의 흔적이 모래밭 곳곳에 보물처럼 묻혀 있었다. 손바닥에 올릴 만큼 작은 크록스 한 짝, 끊어진 팔찌와 짝 잃은 귀고리, 서해안고속도로 통행료 영수증, 파라솔 아래 깊숙이 묻힌 자동차 키 같은 걸 주워 가만히 들여다봤다. 그러면 그 물건을 입고 신고 걸쳤을 사람들의 모습이 아련하게 그려지곤 했다. 아이의 희고 말캉거리는 발가락이며 커다란 링 귀고리에 짙게 태닝한 비키니 여자, 여자의 사진을 찍느라 호주머니에서 차 키가 빠지는 줄도 모르는 남자. 내가 가져본 적 없는 한 시절의 열기와 흥분을 수집하는 일이 좋았다.

다가오는 11번 버스를 향해 플랫폼에서 손을 흔들었다. 파계시의 버스는 탑승자가 손을 내밀지 않으면 멈추지 않는 악습이 있었다. 이윽고 버스가 멈춰 서고 출입문이 열렸다. 퇴근 시간 전이라 승객은 나뿐이었다. 승객 한 명이 더 올라 교통카드 태그하는 소리가 들렸다.

"아가씨들은 춥지도 않나 봐. 아직 젊어서 그래."

운전사의 목소리에 고개를 들어 새로 탄 승객을 바라봤다. 나처럼 키가 크고 몸이 가는 여자가 쥐색 코트 차림으로 서둘러 운전석 뒷자리에 앉았다. 받쳐 입은 바지는 어두운 바이올렛색이었다. 검은색 가죽 숄더백에 어깨에 닿을락 말락 한 머리 길이까지 나와 비슷했다. 여자는 핸드폰도 꺼내지 않고 고개를 꼿꼿이 든 채 운전사의 뒤통수만 골몰하듯 바라봤다.

두 개의 사거리를 지나 시내를 벗어났다. 주택 대신 가죽 공장과 고철상, 펄프 가공 공장이 모인 산업단지가 나타났다. 멀찍이 해변가에 자리 잡은 건물 사이로 시커먼 바다가 육중하게 몸을 뒤틀었다. 시선이 자꾸 여자의 꼿꼿한 뒷모습으로 이끌렸다. 이번 역은 정길3리 마을회관, 정길3리 마을회관입니다. 다음 역은 나부해변 입구입니다. 여자가 고개를 조금 돌려 나를 흘끗 바라봤다. 창백한 안색에 선이 가늘어 어딘가 오래 앓은

듯한 인상이었다. 그녀도 나도 벨을 누르지 않았다. 운전사는 다음 역이자 회차 지점인 나부해변으로 내달렸다. 나는 왜인지 여자가 내게 바짝 신경 쓰고 있다는 생각이 들었다. 근거라고 해봐야 하차 지점이 같다는 것 하나인데도 말이다.

나는 벨을 누르는 대신 좌석에서 일어나 뒷문 앞에 섰다. 회차 지점에선 운전사가 출입구를 열고 나부해변 공중화장실에 들어가 볼일을 보고, 그 옆 자판기에서 커피를 뽑아 마신다는 걸 알았다. 버스는 천천히 속도를 줄이다 철제 팻말이 구겨진 나부해변 입구에 정차했다. 코트 깃을 세우고 버스에서 내렸다. 바람결에 바다 비린내와 생선 썩는 냄새가 실려 왔다. 손목에 감아놓은 고무줄로 흐트러지는 머리카락을 묶었다. 버스 정류장 뒤로 낚시 용구 매장과 회, 조개구이, 치킨 같은 먹자골목이 이어졌다. 비수기엔 아예 매장을 열지 않거나 늦저녁에나 술손님을 받는 가게들이었다. 골목이 끝나는 지점부터 백사장과 바다를 전경으로 둔 카페와 빵집, 편의점 상권이 펼쳐졌다.

나는 손님 없는 먹자골목을 가로질러 백사장 가장자리의 여행자 거리를 걸었다. 짧게 묶었다 해도 머리칼 끝이 바람에 날리며 채찍처럼 얼굴을 할퀴었다. 이어폰을 끼고 누구의 노래인지 모를 케이팝을 들으며 제법 긴 산책을 시작했다. 내가 가장 좋아하는 곳은 백사장 끄트머리에 오목하게 자리 잡은 무릎바위 근처였다. 해변에서 떠내려온 분실물들은 바위 안쪽 오금같이 팬 자리에 모여들곤 했다. 해변엔 언제나 누군가 놓고 간 낚싯대나 텐트 폴대가 있기 마련이었다. 그걸 들고 바위에 앉아 주인 잃은 물건들을 건져내며 여기 왜 왔고, 어떻게 사라지고 싶은지 물을 참이었다.

때마침 편의점 쓰레기통에 꽂아놓은 등산 스틱이 눈에 들어왔다. 뜨거운 병 커피 하나를 사 손에 쥐고 등산 스틱을 주워 다시 걸었다. 한 10분, 추위를 이겨내고 걷다 보니 귀와 코의 감각이 사라졌다. 셔플이 아니라 반복으로 설정해 놓은 탓에 같은 노래를 네 번이나 들었다. 오늘따라 고양이 한 마리 없는 해변이 낯설었다. 무릎바위가 가까워질수록 악취가 짙어졌다. 비리다기보다 고릿하고 욕지기가 일어 위장이 꿀렁거릴 만큼 역겨웠다. 어쩌면 생선이 아닐 수 있겠구나, 생각하며 굽이 쑥쑥 들어가는 백사장을 걸었다.

그때 사박사박, 아니 스벅스벅 무언가 내 뒤를 쫓는 걸음을 느꼈다. 소리라기보다 습한 공기를 울리는 조심스러운 움직임이 동물적으로 감지되었다. 이 날씨에 볼품없는 해변 끄트머리에 찾아들 사람이 나 달고 또 있을까. 나는 무릎바위를 서른 걸음쯤 앞두고 고개를 돌렸다. 내 뒤엔 내가 서 있었다. 쥐색 코트에 하나로 내려 묶은 머리카락, 쌍꺼풀 없이 큰 눈에 흐릿한 코와 입을 가진, 얼핏 보면 서른두 살의 유양 같은 여자였다. 그녀의 오른손엔 갈치처럼 번뜩거리는 회칼이 들려 있었다.

"왜……?"

왜 나를 따라붙었는지 묻고 싶었다. 하지만 여자는 질문을 기다려 주지 않았다. 버스에서 본 꼿꼿한 뒷모습 그대로, 단단하게 몸을 세운 채 내게 달려들어 목덜미에 칼끝을 밀어 넣었다. 나는 손에 쥐고 있는 병 커피를 들어 여자의 머리에 내리찍었다. 등산 스틱으로 그녀의 가슴팍을 후려쳤다. 소용없는 짓이었다. 경동맥에서 분수처럼 피가 뿜어져 나오며 몸이 오른쪽으로 기울었다. 내가 이렇게 뜨거운 사람이었나 싶을 만큼 목을 타고 흐르는 피에서 허연 김이 펄펄 났다. 백사장 위로 튄 피가 무지개처럼 큼직한 호선을 그렸다. 여자가 내 귀에서 이어폰을 빼제 주머니 속으로 넣었다. 지겨웠던 음악이 끊기고 파도 소리와 바람 소리가 요란했다. 여자는 내가 쥔 등산 스틱을 가져가 버르적대는 내 어깨를 지그시 눌렀다.

"유양 씨, 미안합니다. 많이 고통스럽지 않게 떠나길 바라요."

병 커피에 이마가 찢어진 여자가 그렁그렁한 눈으로 나를 내려다봤다. 왜 하필 나인지, 내 시체는 어떻게 되는지 물어야 했다. 하지만 여자의 바람대로 나는 큰 고통 없이 죽어갔다. 몸 안에 든 혈액의 절반이 빠져나가자 심장이 멎었다. 아주 잠시간

황홀하단 기분이 들 만큼 흥분된 감정이 솟구쳤다. 하늘을 나는 것도 같고 구름을 허엄치는 것도 같았다. 그러다 원심분리기에 몸뚱이를 넣고 세차게 돌리는 것처럼 어지러웠고 순식간에 시야가 좁아지다 암전되었다. 무릎바위 근처에서 풍기던 진한 악취도 사라졌다. 피와 엉겨 따갑게 살갗을 긁던 모래의 감촉도 없어졌다. 파도 소리가 끊기자 더는 통증도 느껴지지 않았다.

암흑 같던 시야가 다시 트인 건 완전히 죽음에 이른 몇 초 뒤였다. 해가 짧아 벌써 오렌지빛으로 물든 하늘에 무언가 희끗한 것이 어른거렸다. 무언가의 정체는 누가 알려주지 않아도 자연히 알 수 있었다. 죽음의 사자였다. 영화나 드라마에서처럼 검은 두루마기를 걸친 중년 사내의 모습이 아니었다. 그것은 성별이나 명확한 형체가 없는 빛의 집합체였다. 멀리선 날개가 네 개 달린 흰 갈매기처럼 보였고 가까이 다가오자 아름다운 해파리 같기도 했다. 둥근 빛을 감싼 하얀 촉수가 공기 속을 너풀너풀 유영했다. 임사 체험을 한 사람들이 말하는 빛의 터널이란 게 어쩌면 사자의 동그란 몸통일지도 모른다. 지난 시간들이 파노라마처럼 흐르진 않았다. 지치고 피곤한 탓에 그저 사자의 품에 안겨 지상을 떠나고 싶을 뿐이었다. 고작 이만큼 살려고 그리도 아등바등했구나, 후회스러웠다.

그때 여자가 핸드폰을 내 얼굴 위로 들이밀었다. 그러곤 찰칵, 셔터 소리와 함께 플래시가 터졌다. 여자가 물러서자 손에 잡힐 듯 가깝던 죽음의 사자도 함께 멀어졌다. 마치 달팽이 눈이 장애물을 감지하고 쏙 움츠리는 것처럼 황홀한 빛이 작아졌다. 죽었으니 마땅히 지상을 떠나야 할 텐데 죽음의 사자는 내 주위를 뱅뱅 돌다 연기처럼 흩어지고 말았다. 내 비루한 영혼을 저승으로 인도해야 할 사자가 그깟 카메라 셔터와 플래시에 임무를 포기해 버렸다.

 이미 혈액이 빠져나간 몸뚱이는 식어가고 있었다. 턱이 덜덜 떨릴 만큼 추위가 밀려들었다. 추위? 죽은 사람이 어떻게 감각을 느낄 수 있다는 건가. 나는 두 눈을 끔뻑여 봤다. 녹슨 셔터처럼 뻑뻑하긴 했지만 눈꺼풀이 움직였다. 손에 닿은 모래, 질퍽하게 젖은 울 스웨터의 촉감, 피비린내와 무릎바위에서 밀려오는 악취까지, 둔하지만 모든 감각이 되살아났다.

 "죽이는 건 내가 하고 치우는 건 당신 할 일이잖아. 이제 와서 기다리라고 하면 나는 어쩌란 얘기야. 잠시고 잠깐이고 무릎바위 밑엔 못 숨겨."

 여자는 무릎바위에 올라 틈 사이를 내려다보고 있었다. 침착하게 나를 살해하고 사진을 찍은 킬러답지 않게 울음기가 섞인 목소리였다.

 "정말 개가…… 있다니까. 누런 쌀개가 있어. 배에 구더기가 잔뜩 났는데 죽질 못하고 눈을 똥그랗게 뜨고 있다고. 누가 말뚝을 박고 거기 묶어둔 거야. 산 개가 있는데 어떻게 시체를 던져?"

악취의 근원은 누군가 유기해 서서히 썩어가는, 아직 숨이 붙은 개였다. 내가 누굴 걱정할 처지가 아니었다. 개처럼 산 채로 썩기 전에 도망쳐야 했다. 팔을 접어 팔꿈치로 모래밭을 밀어내며 상체를 들어 올렸다. 다행히 아무런 통증도 느껴지지 않았다. 역시 죽지 않은 걸까. 모래에 꽂힌 등산 스틱을 붙잡고 몸을 일으켰다. 갈치처럼 번뜩거리는 회칼이 발치에 덩그마니 놓여 있었다. 피를 빨아들인 모래는 거무죽죽했다. 이 정도 피를 흘리고도 살아남았다는 게 믿어지지 않았다. 손으로 목에 난 상처를 짚었다. 맥이 뛰어야 할 자리는 잠잠했다. 손을 내려 심장 부근을 더듬었다. 뛰지 않았다. 그러고 보니 나는 숨을 쉬지 않고 있다. 혈액의 절반을 잃고 호흡과 맥박이 소실된 인간을 우린 시체라고 부른다. 난 사자가 유기한 시체였다.

"산 개가 불쌍한 년이 산 사람 먹은 어떻게 땄냐? 단화야, 이 빡대가리야. 차 키가 지금 안 보인다니까. 찾아서 금방 갈게. 개

위에 그냥 던져. 내 말 들어, 좀!"

 종명이 저 개를 보지 못해 하는 말이었다. 개는 살고 싶어 한다. 눈을 보면 알 수 있었다. 유선종양으로 배 한가운데가 주먹처럼 부풀고 그 위에 구더기가 끓었지만, 개는 나를 본 순간 눈빛이 전등처럼 환해졌다. 바닷물에 젖은 털 한 올 한 올이 곤두서고 배변으로 더러워진 꼬리를 힘겹게 들썩거렸다. 여기서 얼마를 버텼는지 알 수 없지만, 개는 나를 뜻밖의 구원자로 믿을 터였다.

 "못 해. 여기서 시체 지키고 앉아 있을 테니까 차 키 찾는 대로 와."

 통화를 끊어내고 죽어가는 개를 한참 바라봤다. 한때 기세등등하게 뛰어다녔을 네 다리, 비리고 누린 걸 찾아 킁킁대었을까만 코와 아직도 매끄러워 보이는 연회색 피모 위로 차가운 바닷물이 스르르 밀려들었다. 살기 위해 고개를 돌리는 개와 나의 눈이 마주쳤다. 개를 끄집어내야겠다는 생각이 들었다. 종양을 떼어내고 가죽을 이어 붙이면 다시 개 노릇을 하지 않을까 싶었다.

 "저기요."

 구두 한 짝을 벗었을 때 등 뒤에서 누가 나를 불렀다. 몇 분 전까지만 해도 해변은 비어 있었다. 누가 양의 시신을 발견했다면 비명부터 질렀을 텐데, 나를 부르는 목소리는 차분했다. 천천히 고개를 돌려 목소리가 들린 바위 아래를 내려다봤다. 피로 흠뻑 젖어 적벽돌색이 된 코트 차림의 양이 나를 올려다봤다. 동공이 확장돼 새카만 눈동자가, 마치 죽어가는 개가 구조의 희망을 발견한 순간처럼 환하게 밝아졌다.

"왜 죽였어요? 아무리 생각해도 날 죽일 만한 사람이 없거든요."

저 밑에서 나를 기다리는 개가 끄응끄응 앓는 소리를 냈다. 양도 자신의 목덜미를 매만지며 신음했다.

"아프진 않아요. 피도 이제 안 흐르고."

멀쩡한 모습은 아니지만 양은 살아 움직이고 있었다. 종명이 들려 보낸 회칼은 칼날 길이만 26센티미터였다. 분명 칼끝은 그녀의 왼쪽 경동맥을 파고들어 반대 방향으로 빠져나왔다. 귀신을 보고 있거나 내가 미쳤거나 둘 중 하나였다.

"죽었는 줄……. 어떻게……."

양은 어색하게 웃어 보였다. 지난 6개월간 지켜본 양은 도통 울거나 웃지 않았다. 퇴근 후 만나는 사람도 없고 필요한 물건은 인터넷 쇼핑몰에서 구입하는 은둔자라고 할 수 있었다. 그런 그녀가 자신을 살해하려던 내게 웃어 보였다.

"죽긴 죽은 것 같아요. 심장도 호흡도 멎었어요. 난 그쪽이 왜 나를 죽인 건지, 그게 궁금해요."

끄응끄응, 끼잉끼잉. 개는 보채고 양의 창백한 얼굴도 나를 보챘다.

죽은 자가 웃고 말하고 걸을 수는 없었다. 양은 자신이 죽었다고 믿지만 실은 칼끝이 혈관을 아슬아슬하게 빗나갔는지도 모른다. 잠시 기절했다 의식을 되찾고 섬망에 빠진 것일지도. 그렇다면 나는 다시 그녀를 공격해야 했다. 목격자가 나타나기 전에 서둘러야 했다. 그런데 칼, 칼이 없다. 설마 핏물이 뚝뚝 떨어지는 코트 소매 안에 양이 칼을 숨겨 온 건 아닐까.

"알았어요. 말할 테니까 손바닥 펼쳐서 나한테 보여줘요."

무기가 없는 걸 확인해야 했다.

"칼 찾으시는구나. 저기, 아까 나 쓰러져 있던 데 그대로 있어요. 봐요."

양이 소매를 걷어 올리고 손바닥을 펼쳐 보여주었다. 그녀 말마따나 칼은 없었다.

"해치지 않아요. 약속할게요. 자, 이제 내려와서 얘기해 봐요. 날 왜 죽였는지."

나는 허리춤에 손을 가져갔다. 코트 아래로 얇은 가죽 벨트가 만져졌다. 일단은 양을 안심시키며 이걸 조용히 끌러내 올가미로 써야 했다. 나는 양에게서 시선을 거두고 벗었던 신발을 다시 신었다. 그러고는 울퉁불퉁 사납게 치솟은 바위를 조심스럽게 밟고 그녀 앞으로 내려갔다. 진한 피비린내가 풍겼다. 생명의 냄새가 퇴비처럼 고약하다는 걸 처음 느꼈다.

"지치네요. 좀 기대도 되죠?"

나는 그녀의 대답을 기다리지 않고 무릎바위에 등지고 앉았다. 그러고는 코트 단추를 풀며 무릎을 접어 가슴에 안았다. 양도 내 옆에 같은 자세로 앉았다. 손을 무릎과 몸통 사이에 넣고 벨트 버클을 더듬었다.

"신분이 필요했어요. 키 170센티미터에 53킬로그램의 유양이라는 웹디자이너가 되기로 했거든요. 키는 얼추 비슷하고, 체중은 7킬로그램이나 빼서 겨우 맞춘 거예요."

지금 하는 말은 모두 진실이었다. 양과 흡사해지기 위해 연갈색 머리로 염색을 하고 손톱을 지나치게 바짝 깎았다. 하루 한 끼 사과와 달걀만 먹으며 경사 높은 셋방을 얻어 출퇴근했다. 학원에 다니며 웹디자인을 배우고 걸음걸이를 바꾸려 오른쪽 구두 한 짝은 반 사이즈를 작게 샀다.

"나로 살고 싶었다고요?"

양은 원치 않는 임신을 확인한 사람처럼 소스라치게 놀랐다. 그럴 만도 했다. 어디 가서 내세울 만한 학벌도 아니고, 큰 재물이나 부동산을 가진 것도 아니었으니까. 그래서 내게 간절했다.

어딜 봐도 평균에 조금 못 미치는, 그래서 되돌아보게 되거나 다시 그 얼굴을 떠올리지 않을 유양 같은 여자여야 했다.

"불체자거든요. 한국 온 지 10년이 넘어 별로 표가 안 나지만 난 환족 태생이에요."

지금은 대륙의 일부가 된 소수민족의 일원으로 태어났다. 전기와 수도가 없는 산골짝이었다. 환족어로 '흐주깐'이라 부르는 매운 향신료를 키워 도시에 내다 파는 게 수입원이었다. 어른들은 흐주깐을 팔아 양을 샀다. 양을 팔아 개를 사고, 개를 키워 양을 지키게 했다. 그리고 3년에 하루 날을 잡아 양과 개를 도축해 거하게 잔치를 하는 이상한 풍습도 있었다. 성인이 되면 바늘과 재로 목에 흐주깐 덩굴 모양의 문신을 하는 전통이 있고, 죽으면 시신을 동물의 먹이로 쓰는 장례 풍습에 자부심을 가졌다. 어쨌거나 나는 환족을 떠났다. 흐주깐 보따리상을 하는 큰아버지 삼륜차에 숨어 도시로 나오자마자 도망쳤다. 열여섯 살 겨울이었다.

"환족은 출생신고를 안 해요. 대륙에서도 나는 불체자였으니 기왕이면 더 잘사는 나라에 가자 싶었죠. 스무 살에 밀항했어요."

내 말을 듣는 동안 양은 눈 한 번을 깜빡하지 않았다. 그녀가 손을 뻗어 내 이마에 흘러내린 핏자국을 닦아주었다. 코트 속에서 벨트를 풀던 손을 멈추고 숨을 천천히 내쉬었다. 잠시라도 내게서 시선을 떼어주길 바랐지만 양은 여전히 동그랗게 뜬 눈으로 나를 바라봤다.

"내가 죽는다고 내 신분을 가질 수 있긴 해요?"

"이종명이라는 사람이 해준댔어요. 당신 손가락만 있으면……. 주민등록증도 만들고 여권이랑 건강보험도 된다고."

종명은 내가 유양으로 살아가려면 반드시 지문이 필요하다고 했다. 시신을 가져다 십지문을 찍고, 실리콘으로 가공해 내 손가락에 붙인 다음 신분증을 재발급받자고. 그가 이렇게 신분을 만들어 준 사람만 네 명인데 모두 잘 살고 있으니 염려 말라고 했다. 어딘가 허술해 보이지만 이 방법으로 한국에 정착한 사람이 종명 자신이었다.

"이종명이라는 이름, 난 몰라요. 애당초 나한테 원한을 품을 만한 사람이 없어요. 지어낸 얘기죠?"

양은 믿기지 않는단 표정으로 나를 노려봤다. 그녀의 눈 흰자 위로 아주 작은 날벌레가 달려들었다.

"당연히 유양 씬 이종명을 모르겠죠. 그 사람은 당신한테 아무 감정 없는 브로커예요."

"그럼 날 죽이라고 지시한 사람이 따로 있단 거잖아요?"

비로소 양의 시선이 내게서 떨어져 나갔다. 그녀는 자신이 누워 있던 피에 젖은 모래밭을 아슴아슴한 눈으로 바라보았다. 그 틈을 놓치지 않고 벨트를 당겼다. 차갑고 건조한 손가락이 가죽에 스치며 날카로운 통증이 느껴졌다. 어깨와 몸통에 힘을 주었다. 내가 잘하는 것, 누구에게도 뒤처지지 않는 건 내면을 뜨겁게 달구었다 순식간에 식혀 단단히 굳혀버리는 감정의 조절이었다. 강철 프레임처럼 꼿꼿해져야 했다.

"그게 누군지 정말 몰……!"

체온이 남은 따뜻한 가죽으로 양의 목을 휘감았다. 양 끝을 교차시켜 힘껏 당기고 무릎으로 그녀의 가슴을 짓눌렀다. 차마 눈을 뜨고 볼 수 없어 고개를 돌렸다. 멀어서 푸르스름하게 보이는 등대에 불이 켜졌다. 바람이 조금 잦아들었다. 종명은 목이 졸려 죽는 데 최소 4분이 필요하다고 했다. 1분이면 죽은 척하다 다시 날뛰고 2분이면 기절, 3분이면 뇌손상.

양은 잠잠했다. 손을 결박하지 않았으니 내 얼굴을 할퀼 법도 한데 꼼짝하지 않았다. 몸을 뒤치거나 고개를 좌우로 흔들지도 않았다. 내 무릎이 닿은 양의 가슴도 고요하기만 했다. 겨우 1분이나 지났을까 싶은데 아무 반응이 없는 게 이상했다. 나는 노란 장화처럼 생긴 등대에서 눈을 떼어, 가까스로 양을 바라보았다. 벨트 아래 감긴 목은 모래시계처럼 잘록하게 졸려 있었다. 감은 눈가는 말라붙은 핏자국과 모래, 눈물로 지저분했다.

얇은 피부 아래 촘촘하게 깔린 실핏줄이 파르스름하게 비쳤다. 찬 바람에도 달아오르지 않는 뺨, 검푸른 입술. 나는 손에서 벨트를 놓았다. 그러고는 엄지로 양의 손목을 가만히 잡고 맥박을 찾았다. 어딜 만져도 차갑고 맥이 뛰지 않았다. 비로소 그녀가 죽었다는 걸 깨닫자 등줄기에 소름이 돋았다.

양의 몸에서 떨어져 나와 헉헉 숨을 몰아쉬었다. 다시 종명에게 전화를 걸어 차 키를 찾았는지 물어야 했다. 나는 모래와 바위가 섞인 바닥을 짚고 몸을 일으켰다.

"국적이 없으면 망명 같은 걸 신청하지 그랬어요?"

양이 태연한 목소리로 물었다. 그녀가 고개를 돌려 나를 빤히 바라봤다.

"죽었잖아. 확인했어. 내가 미친 거지?"

겨우 쥐어짜 낸 말이 그거였다. 난 매사 대충 하는 법이 없다, 그러므로 지금 당신이 고개를 움직이고 목소리를 내는 건 불가능하다, 그러니 내가 미친 거라고 대답해 줘.

"말했잖아요. 난 아까 죽었다니까 그러네. 당신이 플래시만 터뜨리지 않았으면 저승사자가 데려갔을 거예요."

양이 꿈적거리며 등허리를 세웠다. 그녀는 죽은 후에야 수다스러운 사람이 되었다.

"누가 나를 죽이라고 사주했는지 알아봐 줘요. 그럼 손가락

줄게요. 내 인생을 확실하게 인수인계해 줄 수 있어요."

양이 두 손과 두 무릎을 지지해 고양이 자세로 일어섰다.

"유양으로 살게 도와줄게요. 대신 나처럼 시시하게 살진 마요. 근데 이름이 뭐예요? 당신은 내 이름도 알고 취향도 꿰고 동선도 파악했는데 난 아는 게 없잖아요."

양의 목소리에서 전에 없던 활기가 느껴졌다. 죽어도 죽지 않는 인간은 좀비였다. 심장이 뛰라고 명령했다. 나는 양을 등지고 모래를 박찼다. 어둠 속을 필사적으로 달렸다. 여행자 거리에 가로등이 하나둘 켜지기 시작했다. 빛으로 나아가면, 세상과 접촉하면 이 끔찍한 상황이 짧은 공포 영화를 보고 나온 평일 저녁처럼 느껴질지도 몰랐다.

체력을 바닥까지 긁어 살인에 써버린 터라 다리가 무거웠다. 모래에 박힌 발을 뽑고, 또 박고 뽑는 5분이 대륙에서 컨테이너선을 타고 인천항에 다다르던 여정보다 길게 느껴졌다. 그러고 보니 컨테이너선에도 구더기 끓는 남자가 있었다. 통성명을 하지 않아 아무도 남자의 이름을 몰랐다. 가장 마지막에 몸을 던지듯 탑승했고, 처음부터 누비 점퍼 등허리가 피로 푹 젖어 있었다. 남자는 가족인지 친구인지 모를 이름을 주절거리며 앓았다. 컨테이너 안에 든 11명에겐 5일 동안 마실 2리터들이 물 3병과 건빵 5봉지씩이 있었다. 식량이나 담요 한 장 없이 탑승한 사람은 남자 한 명뿐이었다. 운이 좋으면 5일이지만 50일이 걸릴지도 모를 항해였다. 그래서 남자에게 음식을 나누는 사람은 없었다. 그에게서 쏟아진 피와 진물이 악취를 풍기고 구더기가 끓기 시작했을 때 누군가 말했다. 더 썩기 전에 그를 먹어두는 것이 어떠냐고.

"어머, 무슨 일 있어요?"

정신없이 모래밭을 빠져나와 여행자 거리에 다다랐을 때, 소주 상표가 프린트된 앞치마를 두른 중년 여자가 반쯤 탄 담배를 내려놓고 내게 다가왔다.

"네?"

"누가 뒤에서 쫓아오는 사람처럼 뛰길래."

그녀의 말에 고개를 돌렸다. 내 뒤를 악착스럽게 달라붙을 줄 알았던 양은 보이지 않았다. 멀어져서 겨우 손톱만 한 무릎바위 부근은 거무죽죽한 어둠이 덮고 있었다.

여자는 핸드폰을 놓고 달아났다. 내 목을 조르는 사이 호주머니에서 떨어진 모양이었다. 모래밭에서 여자의 핸드폰을 들어 올렸다. 패턴이 걸려 있었다. 내 신분을 훔치려던 사람답게 보안 패턴도 뒤집힌 디귿자, 나와 같았다. 최근 통화 목록엔 평화자원 이종명 사장이라 저장된 번호가 있었다. 평화자원, 눈에 익은 상호였다. 나부해변으로 진입하기 전 작게 들어선 산업단지에서 그런 간판을 본 것 같았다. 여자의 목적지는 아마도 이종명이 기다리는 평화자원일 터였다.

그녀에 대해 더 알아봐야 했다. 다행히 여자는 통화가 자동 녹음되도록 설정해 두었다. 약자답게 겁이 많고 상대를 믿지 않는 성격일 터였다. 나는 녹음 파일 중에서 가장 자주, 그리고 길게 통화한 인물인 성기범의 파일을 재생시켰다.

"어, 자기 어디야?"

기범은 내 또래 남자 정도의 생기를 띤 목소리였다.

"아직 사무실. 난 얼추 끝났는데 손 언니가 같이 퇴근하자고 해서 기다리는 중이야. 오빤?"

여자는 나에 대해 어디까지 아는 걸까. 손 팀장은 손이 느려 늘 마감도 늦었다. 그러면서 겁은 많아 빈 사무실에서 혼자 작업하는 걸 꺼렸다.

"나도 이제 퇴근하려고. 주차 등록 안 한 차량에 스티커 붙이느라 늦어졌어. 무슨 2천 세대 아파트에 차가 3,755대냐."

아마도 기범은 아파트 관리실에 근무하는 것 같았다.

"다들 부자야. 우리 빼고."

여자가 콧바람 불듯 웃었다.

"그래도 좋은 소식 있어. 저번에 보고 온 르비앙 웨딩에서 최소 인원 50명으로 가능하대."

"그렇게는 절대 안 된다더니 갑자기?"

"내가 그랬잖아. 알겠다 하고 돌아서면 꼭 연락 올 거라고. 그 대신 예식 시간은 3시 30분만 가능하대."

여자는 기범이라는 남자와 결혼을 앞둔 모양이었다.

"그럼 3월 17일 토요일 3시 30분으로 청첩장 디자인할게. 손 언니 컴퓨터 끈다. 오빠, 나 가볼게."

목소리마저 나와 닮았다. 성대가 자라다 만 건지 끊어질 듯 가늘고 쇳소리가 섞인 목소리였다. 연습으로 만들어 내기 어려운 특징이었다. 어쩌면 우리가 비슷한 체격과 인상을 가졌듯 선천적으로 목소리마저 닮았는지도 모를 일이었다.

나는 여자의 핸드폰에 내 이어폰을 연결했다. 그리고 종명과 그녀의 통화를 재생시켰다. 차 키가 없어 오지 못한다는 말, 죽어가는 개 위에 내 시체를 던지라는 말, 뜨거운 콧김과 욕설에 비위가 상했다. 터벅터벅 모래를 밟고 여행자 거리 방향으로 걸었다. 발이 무거울 만도 한데 힘들지 않았다. 여행자 거리에 거의 다 왔을 때 구두 한 짝이 모래에 파묻혀 발만 빠져나왔다. 살구색 스타킹 신은 발이 피자두처럼 붉었다. 시체를 가만히 놔두면 하중이 쏠리는 자리에 시반이 생긴다는 말을 들었다. 누워 있으면 등과 엉덩이, 발뒤꿈치에 생겼을 것이 걷느라 발로 집중되고 있었다.

모래에 박힌 구두에 발을 밀어 넣었다. 그리고 힘을 주어 발을 빼낸 뒤 여행자 거리 도로로 올라갔다. 편의점 두 곳과 조개구이 식당, 횟집 간판에 불이 들어왔다. 살아 있다면 배가 고플 시간이었다. 어제의 저녁이 떠올랐다. 500밀리리터 맥주 한 캔과 편의점 도시락으로 저녁을 때울 때 언니에게서 전화가 왔다.

"여보세요."

언니인 줄 알면서도 "여보세요"라고 전화를 받는 건 상대가 활동지원사이기 때문이었다. 최근 언니는 손가락에 류머티즘 관절염이 생겨 전화도 걸기 어려워졌다.

"자연 씨, 동생 받았다. 스피커로 해놨으니 통화 나눠요."

활동지원사의 발소리가 멀어져 갔다.

"밥은?"

우리의 통화 패턴이다. 내가 밥은 먹었냐 묻고 언니는 저녁으로 나온 반찬 이름을 하나씩, 그러나 어눌하고 힘겹게 발음했다.

"알감자조림, 버섯불고기, 사과샐러드, 된장국, 완두콩밥."

내가 먹는 편의점 도시락보다 훨씬 알찬 메뉴였다.

"언니 콩 안 먹잖아. 밥 남겼겠네?"

내 걱정하기도 빠듯하지만, 언니는 한마디라도 더 걸어주고 응석을 받아줘야 서운해하지 않았다. 엄마는 코로나19 합병증으로 죽어가면서도 언니를 걱정했다. 자연이, 네 언니 버리지 마. 이제 세상에 너희 단둘이야.

"다 먹었어. 이젠 콩도 생선구이도 먹을 수 있어. 여기선 안 먹으면 나만 손해야."

언니는 한참이나 자신이 얼마나 인내심 많고 사려 깊은 사람인지 늘어놓았다. 그깟 콩을 먹은 게 대수인가, 재활치료 시간에 비명을 참고 핸드레일을 다섯 번 오간 게 업적인가, 단박에 지원사의 헤어스타일 바뀐 걸 알아보고 칭찬한 게 뭐 그리 대단한 눈썰미인가. 이제 세상에 너희 둘뿐이란 엄마의 유언만 아니라면, 평등하게 자란 자매라면 한 번쯤 비아냥거릴 수도 있는 속마음을 꾹꾹 눌렀다.

"잘했어. 대단해, 우리 언니."

"언제 보러 올 거야?"

'내가 보고 싶을 때 갈게'라고 대답하고 싶었다.

"구정 전에 갈게. 뭐 필요한 거 있어?"

"나 디퓨저 갖고 싶어. 꽃향기 아닌 걸로……."

"디퓨저는 왜?"

뜻밖의 요구였다. 시설에 있으니 실내복만 입고 화장도 하지 않는 언니는 내게 자신의 취향을 덧입히는 걸로 만족했다. 그런 그녀가 자신의 육신에 관심을 가진 데는 특별한 이유가 있을 것 같았다.

"여긴 다 같은 상표 샴푸랑 비누만 써. 모두에게서 비릿한 꽃향이 나. 우린 그걸 병신 냄새라고 불러. 시설 밖에서 온 비장애인들은 고약하더라도 다 다른 냄새가 나거든. 왜 대답이 없니? 사다 주기 싫어?"

언니의 숨소리가 거칠어졌다. 사람들은 모른다. 언니가 얼마나 통제적이고 영리한지. 그녀는 자신이 원하는 걸 타인에게서 쥐어짜 냈다. 엄마와 아빠가 그렇게 키웠고, 이젠 내 몫으로 덩그러니 남았다. 순순히 따르지 않으면 매일 같은 시간에 같은 말로 내 숨통을 조일 터였다. 그러니 내가 살해된 걸 알면 가장 슬퍼할 사람이 언니였다. 스마트폰을 빼앗긴 유치원생 같은 기분이겠지.

나는 여자의 통화를 엿들으며 평화자원이 있을 산업단지로 방향을 잡았다. 통화 내용으로 미루어 그녀는 기범이란 남자와 1년간 연애했다. 둘은 데이팅 앱으로 만났는데, 앱에 가입할 때부터 내 구글 계정으로 로그인했던 것 같았다. 구글 메일은 인증 용도로밖에 사용하지 않아 자주 확인하지 않은 게 화근이었다. 백업 계정으로 보안 알림이 왔겠지만 그조차도 열람하지 않았다.

여자가 1년 전 내 계정으로 기범을 만났다는 건, 청부 살인이 그 이전에 지시되었다는 의미였다. 1년 전의 나는 지금과 크게 다르지 않았다. 재작년에 엄마가 돌아가시며 언니는 복지시설로 들어갔다. 언니 명의의 본가는 세를 주었다. 그녀는 큰 인심 쓰듯 보증금 중 3천만 원을 내게 보내 전세 자금을 마련해 주었다. 굳이 원한을 살 만한 여지가 있는 사람이라면 엄마의 언니, 그러니까 이모 정도였다.

이모는 엄마가 소개한 열두 살 많은 남자와 결혼했다. 노총각인 줄 알았던 남자는 한 차례 이혼한 과거가 있으며 두 딸은 전처가 양육했다. 매달 딸들의 양육비를 보내야 했지만 시청 계약직 공무원이던 이모부의 월급으론 둘이 먹고살기도 빠듯했다. 15년간 양육비를 만든 사람은 억척스러운 이모였다. 그녀는 빚을 내어 수선집을 차렸다. 장사가 잘되자 이모부는 계약직 공무원을 그만두고 주정뱅이가 되었다. 이모의 머리엔 언제나 희거나 검은 실오라기 하나가 걸려 있곤 했다. 무거운 돋보기가 몸의 일부인 것처럼 보이기도 했다. 엄마의 장례식장에서 이모는 우리 유산인 아파트에 들어가 살 수 있는지 물었다. 이제 그만 이모부와 헤어지고 싶다는 게 이유였다.

엄마는 생전, 버릇처럼 말했다. 사람들은 거절이 어려워 등짐을 지고 산다고. 아무리 작은 생선 가시도 뱉어내야 하는 것처럼 마음에 걸리는 선택은 물러야 한다고. 우리 자매는 엄마의 유산을 이모와 나누지 않기로 결정했다. 그러나 이모는 고작 그 정도 앙심으로 조카를 살해할 악인이 아니었다. 청부 비용을 마련할 여력도 없을 터였다. 그럼 대체 누가, 왜, 어떻게 그런 짓을.

나부해변을 빠져나와 산업단지 방향으로 걷는 길, 자동차는 드물었다. 휑한 도로 한편에 흰색 아반떼 한 대가 비상등을 켜고 정차한 게 보였다. 한쪽 방향지시등이 깨진 차가 눈에 익었다. 손 팀장의 차였다. 그녀의 집은 나부해변에서 동쪽으로 5킬로미터쯤 더 가면 나오는 빌라촌이었다. 오늘내일한다던 2000년식 중고차가 말썽을 부린 모양이었다.

검정 패딩에 청바지 차림의 손 팀장이 운전석에서 내렸다. 미간을 찡그리며 나를 잠시 바라보다 얼굴을 알아보았는지 마주 다가왔다. 몸에 난 상처를 가리기 위해 코트 칼라를 세웠다. 거울을 안 봐 모르지만 얼굴과 머리도 피를 뒤집어썼을 텐데, 뭐라고 설명해야 할지 몰랐다.

"정말이네. 지금도 해?"

손 팀장이 놀란 기색 없이 내게 물었다.

"뭐를요?"

"야시장. 거기 다녀와서 옷이 그런 거 아냐? 폭죽놀이에 물감 풍선 터뜨리고, 음식도 판다고 어떤 여자가 말해줬어."

내가 아무 대답도 내놓지 않자, 손 팀장의 표정이 어두워졌다.

"막상 사직서 던지니까 마음 안 좋았지? 그냥 내일 출근해."

내가 침묵한 건 손 팀장이 만났다는 어떤 여자가 나를 살해한 그녀일 거란 짐작 때문이었다. 죽었다 깨어나도 더는 출근할 마음이 들지 않았다.

"언니, 그 말 해준 여자 어디로 갔어요?"

"출근 얘기하는데 왜 딴소리를 해. 나 조금 서운하다."

손 팀장은 원하는 대답을 듣지 못한 게 서운한지 눈을 내리깔았다.

"그 여자 나랑 비슷한 스타일이죠? 키 크고 마르고, 이런 코트에 구두 신고."

"비슷했던 거 같아. 아니, 사실 난 자기인 줄 알았어. 얼굴에 피가 보이길래 놀라 세웠더니 아니더라. 야시장 얘길 하면서 저기 사거리에서 오른쪽으로 꺾어졌어."

산업단지는 사거리를 기점으로 좌우 두 구역으로 나뉘었다. 범위가 좁혀졌으니 조금이라도 빨리 여자와 종명을 찾을 수 있었다. 여자가 거절하면 종명과 담판을 지을 셈이었다. 손가락, 열 개 전부라도 좋으니 나를 미워하는 그 한 사람을 알려달라고 부탁해야 했다.

"저 그럼 가볼게요."

내가 한 걸음 떼자 손 팀장이 걸음을 옮겨 가로막았다.

"양아, 나가도 좋게 좋게 나가. 3년이나 다녔으면 사직서도 대면 제출해야 맞는 거야. 아무리 홍 사장이 자기한테 반감 가졌대도 마무리는 제대로 해야지."

반감이라는 말에 떠나려던 마음이 묶였다.

"홍 사장이 저한테 반감이요? 무슨 일로요?"

손 팀장이 부른 보험사 레커차가 번쩍번쩍 경광등을 켜고 달려오는 게 보였다.

"무슨 일이라니. 자기가 회사 단톡방 캡처해서 퇴사자한테 싹 보냈잖아. 그거 근거로 노동부에 진정 넣어서 홍 사장은 세 시간이나 조사받았고. 연장 근무, 특근수당 어쩌고 다 합쳐서 280만 원 물어준 게 두 달 전 일이야. 홍 사장이 모르는 줄 알았어?"

손 팀장은 홍 사장의 대변인이라도 된 것처럼 눈초리가 샐쭉해졌다. 2백만 원, 어쩌면 3백만 원쯤 연봉이 올랐을 그녀는 저 고물차를 폐차하고 그보다 조금 변변한 중고차를 사겠지. 그걸로 또 몇 년을 버티다 차와 함께 폐기되겠지. 그걸 모르는 건 세상에 손 팀장 한 사람 같았다.

"전 언니한테 그런 부탁 안 할 거예요. 수당이나 퇴직금은 바라지도 않고요."

원한 산 사람이 아무도 없다고 생각했는데, 꼭 그렇지만도 않은 것 같았다. 때마침 도착한 레커차 덕에 손 팀장에게서 풀려났다.

"너네 주소로 립밤 하나 보낼게. 젊은 애가 입술이 다 부르트고 시커멓게 다니면 어떡하니."

손 팀장의 말에 덩그러니 내 집 앞에 놓일 택배 상자를 떠올렸다. 마지막 주 금요일마다 배달되는 생수와 가스 검침원의 메모도 그려졌다. 나 대신 현관문을 열고 상자를 끌어들여 조심스레 포장을 푸는 여자의 얼굴도. 괜찮았다. 나로 사는 것이 그녀에게도 그리 만만하진 않을 거란 생각 때문이었다.

손 팀장을 가까이서 본 건 처음이었다. 필터를 씌운 메신저 프로필 사진보다 훨씬 늙고 지쳐 보이는 40대였다. 숱 없는 머리에 잔 파마, 주황색 맨투맨에 패딩 조끼 차림의 그녀가 털털

거리는 아반떼를 세웠다. 아는 사람인 줄 알았다며 피식, 민망하게 웃었다. 하필 그때 병 커피에 맞아 찢어진 이마에서 피가 흘러 미간과 콧방울을 타고 내렸다. 손 팀장이 의아한 눈빛으로 돌변해 내 얼굴을 빤히 바라봤다. 하는 수 없이 수선스러운 거짓말을 지어내야 했다.

평화자원으로 달려가는 내내 손 팀장이 등 뒤에 바짝 따라붙은 기분이었다. 한겨울의 해변에서 무슨 야시장이 열려? 닭꼬치와 탕후루를 판다고? 얼어 뒈지겠는데 누가 사 먹는다고? 그거 물감이 아니라 피지? 무슨 짓을 한 거야? 아아, 그러고 보니 당신 앞니가 조금 벌어졌어. 해바라기씨를 습관적으로 까먹었구나. 역시 한국 사람이 아니었네. 워차오!

종명의 평화자원 앞에 다다랐을 때 온몸이 땀으로 흠뻑 젖었다. 조립식 단층 건물을 둘러싼 녹색 펜스 사이로 삐죽, 녹슨 철근이 보였다. 없으리란 걸 알면서도 나는 철근을 잡아 끌어내려 남은 힘을 쏟아냈다.

"그런 거 잘못 건드리면 위에 쌓은 거 싹 무너져. 너 시체도 없이 왜 왔냐?"

철제 고물이 가득 쌓인 펜스 안마당에서 종명의 목소리가 들렸다.

"그런 당신은 왜 아직도 여기 있어?"

철근을 놓고 몸을 돌려 뒤를 돌아봤다. 예상대로 손 팀장은 없었다.

"너 내가 반말하지 말랬지. 누가 뭐래도 나는 대한민국 국민이고 너는 끗발 없는 불체자인데 말 그따위로 할래?"

종명의 검은 그림자가 펜스를 타 넘어 내 발치로 떨어졌다. 피둥피둥 살이 찐 거구에 M자형 탈모가 시작되자 박박 밀어버린 납작한 두상이 특징이었다. 뜬 건지 감은 건지 구분할 수 없을 만큼 작고 가는 눈이 어둠 속에서 번뜩거렸다. 검은색 경량 패딩에 낡은 청바지 차림이었다. 한쪽 호주머니엔 목장갑이, 또 다른 호주머니엔 볼펜과 공업용 줄자가 비쭉 솟아나 있었다. 잔업을 하다 나온 모양이었다.

"무릎바위에 던져놨어. 지문은 시체 찾으면 당신이 등록하고, 일단 신분증이랑 금융 인증서, 등본부터 줘."

당장 결혼 준비에 필요한 것들이었다. 늘 현금만 쓰고 교통카드 없이 다니는 나를 기범은 의아해했다. 카드 쓰면 빚지는 기분이라는 변명을 믿어주길 바랐다. 그러나 더는 피할 수 없는 일이 다가왔다. 연애가 비정규직이라면, 나는 곧 정규직 전환을 앞두게 되었다. 변명으로 버틸 수 없는 임계점에 다다른 거였다. 그에게 유양이라는 실체를 증명해야 할 때였다. 뒷일은 나중에 생각하기로 했다. 지금 간절한 건 유양이라는 이름으로 기범의 통장에 얼마간을 이체하고 행복한 시간을 유예시키는 것 하나뿐이었다.

"일단이 어딨어, 우리 사이에. 너랑 나 그렇게 믿을 만한 관계야? 아니잖아. 설날 우리 집에 굴비 들고 인사 올래? 나 애 낳고 돌잔치 하면 네 신랑……, 그래 성기범이랑 축의금 들고 찾아올 거야? 우린 이 일 끝나면 절대 만날 일이 없어요. 만나면 재앙인 사이란 거지. 그러니까 지금은 아무것도 줄 수 없다고. 차 키 찾았으니 같이 가서 끌고 온 다음에, 그때 줄게."

양은 지금 어디 있을까. 적어도 무릎바위 안에 스스로 기어 들어가진 않았을 터였다. 어떻게든 신분증과 금융 인증서를 챙겨 도망쳐야 했다.

"나도 다쳤어요. 같이 움직이긴 무리 같아요."

종명이 시키먼 가죽점퍼 주머니에서 펜스에 물려놓은 자물통 열쇠를 꺼냈다. 그리고 밤벌레처럼 살이 오른 손가락으로 자물통을 열고 뒷걸음질 쳤다.

"이제야 존댓말 쓰네. 다쳤으면 좀 쉬어야지. 들어와, 딱 한 팔레트만 더 돌리고 출발할게. 누가 보면 네가 죽은 사람 같겠다."

문이 열리자 고물을 쌓아 가려둔 마당과 건물이 완전히 드러났다. 엔진오일 냄새와 녹내가 진했다. 내가 머뭇거리자 종명이 뺨을 씰룩거리며 나를 가만히 바라봤다. 그의 눈길이 끈적거렸다. 허옇게 피어나는 숨결에서 술내가 풍겼다. 그가 약속을 지킨다는 보장이 없었다. 죽은 양의 사진을 봤고, 이제 시체를 찾아 깨끗이 처리하면 종명은 의뢰인으로부터 거액을 보상받을 터였다. 지문을 본떠 내게 새로운 신분을 만들어 주는 일이 이제 와 군일처럼 느껴질 수도 있었다.

"여기서 기다릴게요."

"내가 너 담가버리기라도 할까 봐 겁나? 뭐, 아주 망상은 아니지. 특약만 안 걸렸으면 그럴 마음이 없진 않았을 거야."

"특약?"

"의뢰인이 내일 아침에 너를 만나고 싶댔거든. 특약 수수료는 따로 주겠대. 걔도 좀 또라이 변태 새끼 같아. 하여간 특약 때문에 못 건드리니까 들어와, 씹년아."

욕설은 붙였지만 종명의 말투는 온화했다. 하는 수 없이 그를 따라 평화자원 울타리 안으로 들어갔다. 검은색 레인지로버 한 대가 운전석과 트렁크 문이 활짝 열린 채 주차되어 있었다. 자갈 바닥 위에 반듯하게 접어놓은 방수포와 청 테이프가 놓여 있었다. 앞장선 종명이 공장 문을 열었다. 눈이 시게 환한 조명이 조립식 건물 안에서 쏟아졌다.

종명을 따라 들어간 공장은 천장이 높아 목소리가 울렸다. 한쪽 벽면엔 팔레트 여섯 개가 놓여 있고 그 위로 알루미늄과 철제를 압축시켜 납작하게 만든 작업물이 차곡차곡 쌓여 있었다. 여섯 개의 팔레트 중 하나만 높이가 낮았다. 한 팔레트만 더 돌리고 가겠단 말로 미루어 종명은 오늘 중 여섯 개의 팔레트를 모두 채워야 납품 기한을 맞출 수 있는 모양이었다.

공장 한가운데 놓인 압축기는 중형차 한 대가 들어갈 만큼 커다랬다. 녹색으로 도색된 강철 프레임 상단엔 안전제일이라는 스티커가 시커먼 기름 먼지를 뒤집어쓰고 있었다. 아직 형체가 온전한 깡통과 냄비, 고철 따위가 검은색 그물에 담긴 채 압축기 절반가량을 채웠다. 종명은 공장 구석에서 삼륜 전동수레를 밀고 왔다. 안에 든 파이프, 철조망, 공조기 분해물을 으영차, 기합을 넣으며 압축기 안으로 던져 넣었다.

"의뢰인이 누구예요?"

종명이 압축기 옆에 놓아둔 캔맥주를 들어 입에 대고 꼴꼴꼴 마셨다.

"네가 알아서 뭐 하게?"

게트림을 한 종명이 나를 향해 맥주를 넘겼다.

"나도 내일 만날 사람이잖아요. 유양한테 무슨 원한이 있는데요?"

고개를 저어 맥주를 마다했다.

"그따구로 물으니까 답하기 싫네. 난 네가 코리안 흉내 내느라 되도 않게 또박또박 말하는 게 역겹거든. 고상한 척하고 있어, 살인자 주제에."

종명이 남은 맥주를 비우고 빈 캔을 함부로 던졌다. 그가 지척지척 걸어가 공장 문을 잠그고 내 앞으로 돌아왔.

"어, 춥다. 저기 침대 가서 같이 몸 좀 녹이자."

그가 내 겨드랑이 사이로 불쑥 손을 밀어 넣고 팔뚝을 움켜쥐었다.

"싫어, 싫다고. 놔!"

몸을 뒤틀었지만 종명은 놓아줄 생각이 없어 보였다. 그는 다른 한 손으로 내 목덜미를 강하게 움켜쥐었다.

"기범이가 너 살인자인 줄 알면 곤란하잖아. 조용히 가자, 응? 몸이 좀 뜨거워야 일할 힘이 나온다니까."

종명이 내 얼굴에 자신의 뺨을 바짝 가져다 붙였다. 열 걸음만 뒤로 물러서면 간이침대가 놓여 있었다. 더러운 이불과 찌든 베개 위로 나를 집어 던질 터였다. 나는 종명이 바라는 대로 몸에 힘을 풀고 그를 따라 뒷걸음질 쳤다. 그가 시척지근한 숨을 내뿜으며 웃었다. 팔에 힘을 풀고 그의 패딩 점퍼 호주머니에 담긴 공업용 줄자를 조심조심 끄집어냈다. 열기에 들뜬 종명은 내가 순순히 따라주는 게 기분 좋은지 자꾸 히죽거렸다.

"나만 좋자고 이러는 거 아니잖아. 너도 즐겨, 어?"

그가 나를 간이침대로 밀치고 패딩 지퍼를 내렸다. 나는 이불로 몸을 덮은 뒤 줄자를 당겨 길게 뽑아냈다.

"알았으니까 나, 구두 좀 벗겨줘요."

두 발을 뻗어 종명에게 부탁했다. 그가 벗던 패딩을 어정쩡하게 어깨에 걸치고 허리를 숙였다. 이 순간을 놓쳐선 안 되었다. 나는 이불 밑에서 뽑아낸 줄자로 놈의 목을 휘감았다. 이런 줄자를 볼 때마다 늘 불안했다. 두 사람이 약속하고 줄자를 당겨 무언가를 재다 어느 한쪽이 놓아버리면 잡고 있던 사람의 손이 쓱 베어지는 게 아닐까. 말이 줄처럼 긴 자일 뿐, 넓이나 날은 내구성이 약한 칼에 가까웠다. 거구의 종명은 자신의 목을 감은 줄자를 얕봤다.

"끌러라, 개쌍년아."

여러 번 감을 필요도 없었다. 딱 한 바퀴면 충분했다. 빳빳하게 날이 선 공업용 줄자는 살이 많은 종명의 목을 야무지게 파고들었다. 톱질하듯 한쪽 줄을 당기고 또 반대로 당기고, 당기고 또 반대로, 당기고 또 반대로 당기고. 종명의 목 위로 빨간색 초커 목걸이 같은 상처가 생겼다. 숨은 막히는데 몸을 움직이면 줄자가 더 깊이 파고들고, 살이 쓰린 와중에 의식은 흐려질 터였다. 4분만, 4분만 버티면 종명은 죽는다. 그의 공장과 차를 뒤져 내가 필요한 것들만 챙기고 도망갈 생각이었다. 종명이 몸을 비틀었다. 나는 그를 무게중심으로 두고 체중을 실어 침대에서 내려왔다.

"고만……."

그의 손가락이 줄자를 잡았지만 이미 눈동자가 허옇게 까뒤집어지는 중이었다. 1분쯤 지났을까. 아니 2분, 어쩌면 4분을 훨씬 넘겼는지도 모른다. 줄자를 잡은 내 양 손바닥도 피로 흥건했다. 쉬익, 바람 빠지는 소리가 들렸다. 종명의 입에서 난 소리였다. 그가 시뻘건 얼굴로 벌렁 나자빠졌다. 그러나 가슴이 들썩거리는 걸로 미루어 아직 죽지는 않은 것 같았다.

"기계에 넣고 눌러버리면 되겠네요. 도와줄까요?"

아파트 3층 높이의 거대한 공장에 또렷한 목소리 한 줄기가 쩌렁하게 울렸다. 고개를 들자 핏물을 뒤집어쓴 양이 재밌다는 듯 웃고 있었다. 분명 잠겨 있던 문고리가 바닥에 나뒹굴었다. 도구도 없이 무슨 수로 잠긴 문을 연 걸까. 내가 여기 있는 줄은 어떻게 안 걸까.

창백을 넘어 푸르스름해진 낯빛의 양은 어딘가 들떠 보였다. 그녀가 조금 비척대는 걸음으로 내게 다가왔다. 그러고는 손에 들고 있던 핸드폰을 의식 없는 종명의 배 위에 올려놨다.

"오늘 밤, 나랑 같이 있어요. 뭐든 다 해줄 테니. 일단 이 남자부터 해결하죠."

양은 죽고 나서야 새로운 사람으로 다시 태어난 것처럼 보였다.

손 팀장과 헤어져 산업단지로 접어들었을 즈음, 번개를 맞은 것처럼 날카롭고 뜨거운 통증이 전신을 관통했다. 온몸의 신경 가닥들이 뒤엉키기라도 한 듯 제멋대로 손과 목이 꺾였다. 어딘가 있을 도로 CCTV엔 내 모습이 정말 좀비처럼 보일 터였다. 그러나 시야는 그 어느 때보다 또렷했다.

'은혜도 모르는 년. 독사 같은 계집.'

귓가에 악에 받친 욕설이 꽂혔다. 고개를 돌리자 새치 많은 보브 커트에 무스탕을 걸친 중년, 선희가 불투명하게 어른거렸다.

'넌 천벌받을 게다. 내가 정화수 떠놓고 매일 기도할 거야.'

자주색 립스틱을 얇게 바른 선희가 눈초리를 곤두세웠다. 그녀는 17년 전 언니의 활동지원사였다. 해고를 통지받은 날, 선희는 고작 열다섯 살짜리 소녀였던 내게 악증을 부리고 떠났다. 그녀의 저주가 두려워 나는 몇 년간 베개 밑에 과도를 숨겨야 잠이 들었다. 선희의 소원이 오늘 이루어진 걸까. 어쩌면 그녀가 내 살인을 지시한 의뢰인일지 몰랐다. 남편이 도선사라 먹고사는 건 걱정 없어. 그래도 놀면 뭐 하니. 아직 기력 있을 때 봉사도 하고 돈도 버는 거지. 애, 오늘부터 이모라고 불러.

늘 양쪽 입아귀에 요구르트 같은 거품이 있는 여자, 몸에서 오래된 땅콩버터 비슷한 체취가 풍기던 여자, 언니의 휠체어를 전속력으로 밀어 아파트 복도 벽에 부딪히게 한 여자, 지갑에서 7천 원이 사라졌다며 나를 노려보던 여자. 잊고 있던 기억이 새록새록 살아났다. 나는 선희의 환영이 둥둥 떠 있는 신호등 지지대를 향해 주먹을 날렸다.

"내가 뭘 어쨌다고!"

생전 나는 감정의 기폭이 적은 사람이었다. 타인과의 마찰을 최대한 피하기도 했지만, 서운한 일이 있어도 속으로 삭이다 잊는 단순한 인간이었다. 오죽하면 날 죽인 여자에게 뺨따귀 한 대 날리지 않았을까. 그런 내가 비록 환영일지언정 누군가를 향해 주먹을 내지른 건 천성을 거스르는 행위였다.

전신을 관통하던 끔찍한 신경통이 말끔히 사라졌다. 천천히 눈을 떴다. 선희의 환영은 사라지고 신호등 지지대가 움푹, 정확히 내 주먹만큼 구겨진 것이 보였다. 온 힘을 다해 쇠 파이프를 후려쳤는데 손등은 말짱했다. 오히려 짜릿한 전율이 느껴졌다. 이제 두려울 게 없구나. 더는 나약하고 소심한 유양 대리가 아니구나. 생기가 솟구쳤다.

분노가 나를 강하게 만들었다. 비유가 아니었다. 나는 상처받을수록 더 단단해지는 비브라늄 같은 육체를 갖게 되었다. 특히 소리에 예민해졌다. 어디선가 무리 지어 달리는 고양이들의 가뿐한 발소리도 선명하게 들렸다. 비록 시체일망정 엄청난 힘을 갖게 되었다. 나를 곤경에 빠트린 인간, 말 속에 뼈를 심어 아작아작 씹으며 조롱했던 인간들, 사랑을 방패 삼아 착취한 인간들을 종이처럼 구겨버릴 수 있게 되었다. 나는 울듯 흐흑, 웃으며 빨간불에도 횡단보도를 건넜다. 이 몸뚱이가 썩어 문드러지기 전에 복수해야 할 사람들이 있었다. 나는 손바닥에 박힌 가시를 핀셋으로 집어내는 사람처럼 정신을 집중하고 그들의 뻔뻔한 얼굴을 떠올렸다. 숨결까지 느껴질 만큼 선연한 세 사람의 모습이 어른거렸다.

어느새 평화자원 앞이었다. 나보다 먼저 도착했을 여자는 보이지 않았다. 문이 열려 있었다. 안마당으로 들어서 찬찬히 걸음을 뗐다. 공장 안에서 수런거리는 남녀의 목소리가 생생하게 들렸다. 종명과 여자일 터였다. 그들의 대화에서 의뢰인의 이름이 나오지 않을까, 공장 문 앞에 섰다. 예전의 나라면 귀를 바짝 가져다 붙여도 들릴까 말까 한 소리들이 몸을 관통하듯 선명했다. 둘은 특약 이야기를 나눴다. 의뢰인은 굳이 웃돈을 얹어가며 내일 아침 날 죽인 여자를 만나고 싶어 했다.

"의뢰인이 누구예요?"

"네가 알아서 뭐 하게?"

"나도 내일 만날 사람이잖아요. 유양한테 무슨 원한이 있는데요?"

여자는 정말 의뢰인의 정체를 모르고 있었다. 내가 하고 싶은 질문을 그녀가 대신했다.

"그따구로 물으니까 답하기 싫네. 난 네가 코리안 흉내 내느라 되도 않게 또박또박 말하는 게 역겹거든. 고상한 척하고 있어, 살인자 주제에."

발꿈치를 끄는 듯한 발소리가 점점 가까워졌다. 누군가 공장 문을 열지도 모른다는 생각이 들었다. 예전의 나라면 기함을 하고 도망쳤을 상황이었다. 하지만 이제 두렵지 않았다. 나는 한 걸음 떨어져 주먹을 말아 쥐었다. 누구든 위협이 되는 존재를 만나면 시원하게 내지를 배짱이 있었다. 철컥, 잠금장치를 거는 소리가 들렸다. 이윽고 발소리는 다시 멀어졌다. 문은 누가 왜 잠갔을까.

"어, 춥다. 저기 침대 가서 같이 몸 좀 녹이자."

다시 종명의 목소리가 이어졌다.

"싫어, 싫다고. 놔!"

여자가 뱃속에서부터 끌어낸 목소리로 저항했다. 나를 죽인 그녀가 청부업자에게 겁탈당할 위기였다. 심지어 죽인 후에도 한 번 더 죽이려 들었다. 여자를 동정할 이유는 없었다. 하지만 그녀는 내 바통을 이어받아 유양으로 살아갈 사람이었다. 언니에게 다달이 시설 이용료를 보낼 사람이었다. 내가 걷지 않을, 어쩌면 엄두 내지 못한 결혼과 출산을 꿈꾸는 여자였다. 왜 죽었는지도 모를 만큼 둔감한 유양이 아니라, 살인도 불사할 만큼 강인한 인물이었다. 그녀가 온전해야 내일 아침 살인 의뢰인의 정체를 알 수 있었다.

둘 사이의 대화가 끊기고 기이한 침묵이 이어졌다. 여자가 반항을 포기한 걸까. 그때 켁켁대는 남자의 짧은 비명이 들렸다. 끼익끼익, 운동화로 우레탄 바닥을 밀치는 소음도 섞여 났다. 여러 상황이 그려졌다. 종명이 미리 감춰둔 흉기로 여자를 살해하는 중이거나 반대로 여자가 그의 숨통을 조이는 모습이었다. 더는 기다릴 수 없었다. 만약 여자가 종명에게 살해된다면 나, 유양은 그야말로 세상에서 완전히 삭제될 터였다. 여자가 아니라 내가 종명에게 겁탈당하는 장면을 연상했다. 그러자 도롯가에서 느낀 끔찍한 신경통이 온몸의 세포를 감전시켰다. 분노를 느낄 때마다 혹독한 통증과 함께 나는 단단해졌다. 손아귀에 힘을 실어 공장 문손잡이를 비틀었다. 내가 너를 구하러 가는 중이란다. 여자야, 버텨!

손잡이는 끝내 돌아가지 않았다. 그 대신 손잡이 결합부가 뜯겨 나갔다. 문은 힘없이 열렸다. 이름으로만 존재하던 악당 종명은 비대한 사내였다. 짧고 두꺼운 그의 목에는 공업용 줄자가 감겨 있었다. 그 곁에 눈에 띄게 몸을 떨고 있는 여자가 서 있었다. 다행이었다, 죽어가는 사람이 여자가 아니어서. 됐다, 이제 내 괴력을 자유롭게 이용할 수 있어서. 나는 이 모든 상황에 감사했다.

"기계에 넣고 눌러버리면 되겠네요. 도와줄까요?"

프레스기가 눈에 들어왔다. 화들짝 놀라 배에 공을 맞은 사람처럼 웅크렸던 여자가 천천히 고개를 들었다. 내가 아군이라는 걸 알려야 했다. 모래밭에서 주운 핸드폰을 종명의 배 위에 올려놓았다.

"오늘 밤, 나랑 같이 있어요. 뭐든 다 해줄 테니. 일단 이 남자부터 해결하죠."

여자는 재빨리 핸드폰을 집어 주머니에 넣고 내 눈치를 살폈다.

"내가 유양으로 살게 해준댔잖아요. 당신 앞길이 내 앞길인데 쓰레기부터 치우고 시작해야죠. 다리 잡아봐요."

종명은 의식을 되찾는 중인지 얼굴을 잔뜩 구기며 신음했다. 내가 그의 어깨 밑으로 손을 넣고 여자에게 도움을 청했다. 그녀는 꺼림칙한 표정을 지우지 못한 채 종명의 다리를 잡고 허리를 세웠다. 100킬로그램은 족히 나가 보이는 사내를 드는 건 인간 시절의 나라면 엄두도 못 낼 일이었다.

"셋에서 던지죠. 하나, 둘, 셋!"

내 구호에 맞춰 여자도 몸을 스윙하고 손을 놓았다. 고철 더미 속에 파묻힌 종명은 외마디 비명을 질렀다. 나는 삼륜 수레에 남은 고철을 털어 넣고 전원과 작동 버튼이 달린 기계 측면으로 향했다.

"버튼은 당신이 눌러요."

그녀는 벌겋게 충혈된 눈을 깜빡이며 다가왔다.

"목단화, 거름통에 썩어 죽을 년. 꺼내, 꺼내라고!"

고철 더미에 깔린 종명이 기광을 떨었다. 덕분에 여자의 이름이 목단화라는 걸 알게 되었다.

"나 꺼내주기만 하면 아무 일도 없었던 거야. 좀 있으면 익호가 3억 수금하러 와. 나 여기서 죽잖아? 돈 못 가져가잖아? 그 새끼는 내 부모 형제까지 몰살시킬 사이코야. 단화야, 너도 살고 나도 살자."

익호라는 이름에 단화가 얄팍한 아랫입술을 자근거렸다.

"익호가 어떤 사람이에요?"

"양 씨의 의뢰인을 종명에게 소개한 사람, 돈에 미친 사람, 나랑 같은 컨테이너 탔던 사람이요. 거기서 죽어가는 남자를 제일 먼저 먹은 사람."

단화는 뭔가 끔찍한 기억을 떠올렸는지 진저리 쳤다. 익호가 의뢰인을 소개했다면 그의 정체도 알고 있을 터였다. 하지만 단화가 이름만으로도 얼어붙는 걸 보면 만만한 인물이 아니었다.

"겁먹지 말아요. 안 잡히면 돼. 단화 씨는 오늘 밤만 넘기면 유양이 되잖아. 이제 경찰에 신고할 수 있고 아프면 병원에 가도 돼요. 지금은 3억과 기범 씨만 생각해요."

수금을 하러 온다는 건 어딘가에 3억 원이라는 거금이 있다는 의미였다. 신혼부부가 빚 없이 새 인생을 출발하기에 부족하지 않은 금액이었다. 단화는 내 속뜻을 알아차렸는지 한쪽 눈썹에 경련을 일으키며 프레스 버튼을 눌렀다. 우웅, 묵직하고 불길한 소음과 함께 프레스 상단에 고정되어 있던 플레이트가 느리게 내려왔다.

"내가 죽을 거 같아? 나 안 죽어. 개쌍년, 나가서 모가지를 꺾어놓는다."

종명이 악증을 부렸다. 고철 더미가 들썩거렸다. 우둥퉁한 손이 주전자와 깡통, 프레임만 남은 철제 책상을 붙잡았다. 플레이트는 아직 절반밖에 내려오지 않았는데 종명은 으앗, 기합을 넣는 소리와 함께 상체를 일으켰다. 날카로운 고철에 상처 입은 종명의 얼굴은 피투성이였다. 멀리서 봐도 분노와 광기에 휩싸인 두 눈에서 불똥이 튀는 게 보였다. 저런 표정을 본 기억이 있었다. 그게 누구인지, 어떤 상황인지 빤히 기억나지만 지금 떠올려서 이로울 것이 없었다. 종명은 프레스 사방에 쳐놓은 그물망을 벗어나려 몸을 허우적거렸다. 그러나 그뿐이었다. 기적 같은 건 벌어지지 않았다. 종명은 한쪽 다리를 그물망에 올렸지만 균형을 잃고 뒤로 넘어졌다. 플레이트는 꾸준하고 성실하게 그를 향해 다가갔다. 난 플레이트가 다리미처럼 뜨거워도 좋겠다고 생각했다. 단화가 눈물 어린 얼굴로 흐흐, 서글프게 웃었다.

"나 옷 갈아입고 돈 찾아볼게요. 단화 씨는 지문 지워요."

나는 종명의 죽음에서 눈을 뗐다. 간이침대 발치에 스탠드형 옷걸이가 있었다. 종명이 걸어놓은 두툼한 후드 티셔츠와 트레이닝 바지, 패딩 조끼가 보였다. 나는 피에 젖은 코트와 니트 스웨터를 벗었다. 브래지어를 풀고, 바지와 팬티를 내렸다. 하지에 몰린 혈액이 검은색 반스타킹을 신은 것처럼 보이게 했다. 생전이라면 낯선 장소, 남이 보는 앞에서 훌훌 속살을 드러내는 일은 없을 거였다. 하지만 이제 나는 부끄러운 것이 없었다. 늦으면 서서히 잊힐 줄 알고 장기 할부처럼 끊어놓았던 분노와 억울

한 감정이 나를 구동시키는 배터리였다. 나는 알몸에 종명의 옷을 걸쳤다. 등 뒤에서 종명의 비굴한 울음소리가 들렸다. 먼저 죽어본 입장으로 보자면, 참 효율 없고 모양 빠지는 헛짓거리처럼 느껴졌다.

"일단 여기서 나가요. 익호가 언제 들이닥칠지 몰라요."

두께 5센티미터로 압출된 고물은 시커먼 피거품을 흘렸다. 단화는 바닥에 떨어진 종명의 핸드폰과 차 키를 챙기고 공장 문 쪽으로 앞장섰다.

"아직 3억 못 찾았어요. 그냥 익호란 사람 우리가 만나면 안 돼요? 의뢰인을 알고 있잖아요."

"의뢰인과의 약속은 칼같이 지키는 사람이에요. 절대 발설하지 않을 거예요. 나 그 돈 포기할래요. 내가 가져간 거 알면 익호 손에 우리 부부는 죽어요."

생각해 보니 단화는 돈 욕심으로 이 일을 시작한 게 아니었다. 그녀는 화물칸 같은 인생에서 비좁으나마 좌석이 있고 화장실을 쓸 수 있는 3등석으로 환승을 바랐을 뿐이었다.

"빨리요."

단화가 나를 재촉했다. 익호가 나타났을 때 내 분노 게이지가 차오르면 간단히 해결할 수 있었지만, 뜻처럼 마음이 따라줄지 의문이었다. 나는 불안해하는 단화를 빠른 걸음으로 뒤쫓았다.

그때 차 한 대가 평화자원으로 진입하는 게 보였다.

"운전할 줄 알죠?"

이미 나에 대해 거의 모든 걸 아는 단화가 손에 차 키를 쥐여주었다. 지금은 처분했지만 조교 시절 중고 마티즈로 학교와 집을 오갔었다. 종명의 차는 구형 레인지로버였다. 운전에 자신이 없었지만 선택지 또한 없었다. 나는 차 키를 넘겨받아 운전석에 앉았다.

"머리 숙여요."

보조석에 앉은 단화가 손으로 내 뒤통수를 가만히 눌렀다. 흰색 제네시스 한 대가 평화자원의 펜스를 뭉개며 들어섰다. 거친 솜씨로 삐딱하게 차를 세운 30대 후반 남자 익호가 시동을 껐다. 차에서 내린 그는 창백한 피부에 짧게 잘라 바짝 붙인 머리, 옅은 눈썹에 오목한 눈매와 끝이 조금 길다 싶은 콧날, 그리고 얇은 입술에 황갈색 턱수염을 가졌다. 한눈에 봐도 이국적인 외모였다.

나는 잠잠한데 단화의 코와 입에서 하얀 김이 쏟아졌다. 그녀는 입김이 차창에 닿지 않게 몸을 웅크렸다. 살아 있다는 건 불편을 견디는 인고의 연속 행위였다. 다행히 익호는 레인지로버를 본체만체, 문이 열린 공장으로 들어갔다.

"저 사람 공장에서 나올 때까지 기다리죠."

나는 단화의 눈높이에 맞추느라 머리를 핸들 옆으로 낮췄다. 그때 짧지만 정신이 번쩍 드는 경적이 울렸다. 나도 모르게 어깨에 경적이 닿은 모양이었다. 놀란 단화가 허리를 펴고 내 머리에 후드를 뒤집어씌웠다.

"지금 가요. 익호한테 잡히면 안 돼."

단화의 성화에 시동을 걸고 차를 빼기 위해 후진했다. 뒤 범퍼가 익호의 제네시스 앞 범퍼를 들이받았다. 검은 그림자 하나가 공장 안에서 밖으로 비쭉 걸어 나왔다. 핸들을 힘껏 돌려 이미 익호가 무너뜨린 펜스를 타 넘었다. 방향감각을 잃어 그저 보이는 길로 대중없이 차를 몰았다. 눈이 간지러웠다. 뭔가 어른거려 시야를 방해했다. 눈을 끔뻑거려도 이내 침침했다. 시력이 사라지는 걸까.

목숨보다 귀한 게 있다면, 돈이다. 대개의 목숨은 돈으로 살 수 있다. 범죄자는 변호사의 비싼 혀를 살 수 있고, 환자는 약효가 너무 뛰어나 새 인간으로 다시 태어난다는 아기 주사로 생명을 살 수 있다. 나 같은 러시아계 불법 이민자가 이 나라에서 일등 시민이 되려면 더 많은 돈이 필요하다. 그걸 몇 번이고 강조한 사람은 내게 신분을 팔고 자살한 이반이었다. 이반은 힘들게 망명하여 영주권과 시민권을 취득했지만 극심한 우울증으로 서익호라는 자신의 신분을 내게 증여했다. 한국 사람들은 러시아인, 특히 남자의 얼굴을 잘 구분하지 못했다. 모두가 푸틴처럼 생겼다는 말을 했다. 그래서 이반이 자살한 다음에도 나는 아무렇지 않게 그의 이웃들과 인사를 나누며 멀쩡히 살아왔다. 나는 이반의 유지를 받들어야 했다. 사랑, 소망, 믿음 모두 돈이 있어야 견고해지니까.

지금 내가 한 달에 주무르는 돈은 10억 원 남짓이다. 이반은 자신이 살아간다면, 노력한다면 거뜬히 만질 수 있는 큰돈을 내가 벌어가기를 바랐다. 그는 인공 안구와 의족, 의수 제작자로 알려졌지만 실은 종명을 포함한 여섯 명의 브로커에게 초박형 실리콘 지문을 제작해 납품해 왔다. 3D 프린터를 쓰면 훨씬 간편하지만, 이반은 돋보기를 앞에 두고 작은 조각도로 수작업했다. 기계로 프린트한 것보다 훨씬 요철이 깊어 지문이 선명하게 남는다는 이유였다. 그가 죽은 지 6년, 내 솜씨는 이제 생전의 이반을 넘어섰다.

종명은 이런저런 구구한 사정을 대며 세 건의 제작비를 미지급했다. 그가 노름꾼이라는 건 이미 알고 있었다. 주말마다 강원랜드에 드나들고 평일엔 사설 도박 사이트에 베팅했다. 다음

주면 공장도 경매에 넘어갈 터였다.

"익호야, 나를 물로 보냐? 어떻게 겁대가리 없이 네 돈을 떼어먹어. 작년 이맘때 착수금 1억 받아서 코인에 넣어놨더니 벌써 1억 7천이 넘었어. 현금 2억은 내 차 트렁크에 박아놨고. 오기나 해. 단화 그년이 오늘 판떼기 벌이기로 했으니까 온 김에 손가락까지 가져가. 아예 그 유양이라는 아가씨 대금은 미리 인출해 놓을게."

나는 종명의 말을 절반만 믿었다. 그가 투자했다는 코인은 급등과 급락을 거듭하다 3개월째 횡보 구간을 걷고 있었다. 원금에서 10퍼센트 정도 손실이 났을 터였다. 하지만 트럭에 2억 원이 있다는 건 사실이었다. 그는 광명에 살던 아파트를 급처분해 도박 자금을 마련했는데, 카지노 규정 위반으로 이번 주부터 1년간 출입 제한자로 등록되었다. 헛발질이 아니길 빌어야 했다. 내가 아니라 종명이. 내 돈 먹고 튄 놈들, 죽어야 할 명분이 확실한 새끼들은 지금 하나같이 음식물 처리기에 들어가 미생물의 먹이가 되었다.

평화자원 공장 문을 열었을 때 모든 게 어그러졌다는 걸 느꼈다. 산 자의 생기가 없었다. 생기를 감지하는 능력은 선천적이었고 한 번도 틀린 적이 없었다. 굳이 자세히 살펴보지 않아도 알 수 있었다. 냄새, 바로 코앞에서 도살이 이뤄진 듯 싱싱한 피와 대변 냄새가 진동했다. 나는 압축기에 납작하게 눌러놓은 철제 큐브를 바라봤다. 따뜻한 김이 오르는 피가 큐브 사이에서 육즙처럼 흘렀다. 누가 죽은 걸까. 단화 계집애가 물어온 유양의 시체려나. 그럼 종명은 어디 갔단 말인가.

빰, 안마당에서 짧은 경적이 들렸다. 종명의 자동차 경적음이었다. 짧게 한 번이라면 일부러 기척을 보내는 게 아니라 어이없는 실수를 한 모양이었다. 스르륵, 자갈을 훑는 바퀴 소리에 이어 쿵, 묵직한 파열음이 들렸다. 종명의 레인지로버가 후진하다 내 차를 들이받은 터였다. 레인지로버엔 후드 티셔츠에 검은색 패딩 조끼를 입은 운전자와 쥐색 코트 차림의 여자, 단화가 앉아 있었다. 종명의 공장을 돌아보았다. 휑한 옷걸이, 너저분한 침대, 그 앞엔 피에 푹 젖은 여자의 옷이 널브러져 있었다. 염려하던 일이 벌어졌다. 종명이 단화를 협박해 내 돈을 들고 내뛴 거였다. 아마도 죽은 여자의 신분으로 강원랜드에 기어 들어가 2억 원을 베팅하고 대박을 기대했을지도 모른다.

어떻게 해야 종명을 붙잡아 미생물의 배를 불릴지 고민했다. 종명의 자동차엔 그와 처음 통성명한 날 GPS를 달아놨으니 추적은 쉬웠다. 하지만 놈이 카지노에 들어가 몇 날 며칠 나오지 않으면 내 체면이 구겨진다. 이반이 말해줬다. 이 바닥에선 평판이 목숨이야. 배신자는 12시간 안에 처단해. 날 봐, 너그러운 대가로 우울증을 얻었어. 솜씨가 이렇게 좋아도 거의 매번 돈을 떼어먹힌다고. 왜? 모두 날 업신여기니까! 그들에게 나는 보드카 좋아하는 오목눈이 호구야. 넌 다르게 살아야 해.

이번에도 이반이 답을 찾아주었다. 놈이 카지노에 도착하기 전에 제거해야 했다. 위치추적 앱을 열었다. 종명의 차가 산업단지 골목을 빠져나가는 중이었다.



양의 결막과 상처에 알을 낳은 건 일종의 파리였다. 너무 작아 육안으로는 보이지 않았다. 검색 결과를 읽어주자 양은 잠시간 말이 없었다. 그녀는 시트 열선을 끄고 차창을 절반쯤 열었다. 소용없는 일이라는 걸 나는 알고 있었다.

젖은 손으로 컨테이너 벽을 짚으면 쩔꺽 붙을 만큼 끔찍한 추위에도 그 남자는 썩어갔다. 처음엔 아마도 양처럼 아주 작은 파리가 달라붙어 알을 낳았을 것이다. 우리 눈에 보인 건 알에서 부화한 구더기였다. 구더기는 썩은 살을 갉아먹으며 남자와 아슬아슬하게 공생했다. 그러고도 죽지 않는 건 참으로 기이한 일이었다. 닷새째가 되던 날, 건빵이 떨어진 익호는 잭나이프를 펼쳤다.

"나 석기 전에…… 먹는다……. 생기 작아 이미…… 다름없어 죽은 것과……."

그때만 해도 어눌한 발음의 익호가 남자에게 다가갔다. 그는 남자의 누비 점퍼를 벗겨냈다. 그러고는 손끝으로 천천히 등과 엉덩이 피부를 더듬었다. 썩어가는 남자는 쥐어짜듯 신음했다.

"다만 물 준다."

익호는 남자의 바지를 벗기고 아직 근육이 상하지 않아 혈색이 완연한 허벅지를 매만졌다. 그러고는 햄스트링 부위에 거침없이 잭나이프를 밀어 넣었다. 남자는 아야야, 아야야, 마치 한국 사람처럼 비명을 질렀다. 익호가 자신의 주먹만큼 살을 베어내 남자의 바지로 핏물을 닦아낸 뒤 자리에 돌아갔다. 처음엔 앞니로 자근자근 씹다 이내 어금니로 옮겨 질겅거리자, 찔꺽찔꺽 소름 끼치는 소음이 컨테이너를 울렸다. 중앙아시아 여자 한 명이 손바닥으로 입을 가리고 눈물을 쏟다 결국 토사물을 게워냈다.

익호는 남자에게 자신 몫의 물을 조금 나눠주었다. 그걸 마시면 하루쯤 더 살 수도 있었지만, 살면 익호의 식사가 될 것이 자명했다. 남자는 병뚜껑으로 세 번 나눠준 식수를 거절하지 않았다.

양의 운전 솜씨가 차츰 부드러워졌다.

"오늘 밤 세 명을 죽여야 해요."

그녀의 목소리가 바람 소리에 흩어졌다.

"뭐라고 했어요?"

양이 차창을 닫았다.

"언젠가 단화 씨 인생에 걸림돌이 될 세 명을 오늘 죽여야 한다고요."

오늘 벌써 두 명이나 죽였다. 양과 종명. 이미 체력도 바닥났지만 내 생명이 다섯 명의 목숨보다 값어치 있는지 알 수 없었다.

"못 해요. 피 냄새가 너무 끔찍해요. 지금도 토할 거 같아요."

계속 빼기다 보면 양은 나를 협박할 터였다. 내가 저지른 범죄의 희생자이자 목격자인 그녀는 마음만 먹으면 지구대 앞에 차를 세우고 경찰관을 부를 수도 있었다. 물론 자신이 시체라는 걸 증명하는 문제가 남아 있지만, 그건 시간이 해결해 줄 터였다. 사나흘 후면 부패액이 쏟아지고 배가 풍선처럼 부풀 테니까. 경찰은 기범을 불러 당신의 약혼자가 국적 불명의 불법체류자 목단화라는 걸 알고 있느냐고 취조하겠지. 그럼 기범은 잠시만요, 제 약혼자 이름은 유양인데 무슨 말씀이세요, 역정 내다 심장이 부서지겠지.

발꿈치를 세워 무릎을 들어 올리고 상체를 낮춰 두 팔로 허벽지를 감았다. 불안할 때면 몸을 동그랗게 마는 습관이 있었다. 엄마가 알싸하게 매운 호주깐으로 양고기를 볶아 백주와 먹는 날이면 이유 없이 맞곤 했다. 어린애는 맞아야 부드러워지지. 그때마다 나는 공벌레처럼 몸을 말았다. 뱃속의 장기를 지켜내야 했다. 언젠가 위기의 순간에 하나씩 떼어 팔아야 할 지도 몰랐기 때문이었다.

차가 과속방지턱을 넘어갈 때 젖꼭지가 찌르르 아팠다. 나도 모르게 아프단 말이 튀어나왔다. 며칠 전부터 젖꼭지가 꼿꼿하게 서고 브래지어에 스치기만 해도 전기가 통하는 것 같았다.

"심장 소리가 두 개네요. 크고 느린 건 단화 씨 심장, 작고 빠른 건 누구죠?"

양이 나지막이 말했다.

"그게 무슨 말이에요?"

"임신한 거 몰랐어요?"

터무니없는 소리였다. 기범과 나는 변변한 집으로 이사 가기 전까지 아이를 낳지 않기로 했다. 당연히 피임을 했고, 했지만.

"아닐 거예요. 생리는 원래 불규칙해요."

이쯤, 아니 지지난주쯤 시작했어야 할 월경이 무소식이었다.

"나는 참 나에게 불친절했어요. 그래서 그럭저럭 살아온 거죠. 편의점 도시락도 먹을 만했고, 예전에 살던 집 하수구에서 올라오던 악취도 견뎌냈어요. 귀, 코, 눈, 입 다 남이 질리게 쓰다 중고로 팔아버린 걸 떠안은 것처럼 어딘가 낡은 사람이었어요. 그런데 시체가 되고 나니 모든 게 예민해졌네요. 지금 단화 씨가 하는 말들, 자동차 엔진음, 두 개의 심장 소리는 귀로 들리는 게 아니에요. 온몸으로 느껴져요."

양은 빌라촌 입구 GS 편의점에 차를 세웠다.

"내 말 안 믿기면 테스터 사서 검사하고 와요."

굳이 테스터를 사서 소변에 적시지 않아도 결과는 뻔하다는 걸 나도 알았다. 징후를 느끼면서도 애써 무시했다. 나는 온 힘을 다해 허벅지를 끌어안고 몸을 말았다. 눈물이 치솟았다. 내 목숨 하나 부지하기도 힘든데 이젠 원 플러스 원이 되어버렸다. 들썩거리는 내 등허리를 양이 툭툭툭, 세 번 가볍게 두들겼.

"그래서 누굴 죽이고 싶은 거예요?"

길게 할 고민이 아니었다. 익호의 차를 들이받았으니 그가 추격에 나섰을지 몰랐다. 자기 연민에 빠지기 전에 양을 연민하기로 했다.

"결심해 줘서 고마워요."

양이 다시 운전을 시작했다. 차는 파계시에서도 중심에 속하는 정서동으로 방향을 틀었다. 거기엔 기범이 근무하는 서우림 아파트 단지가 있었다.

"장애인활동지원사 김선희요. 지금쯤 노인이 됐겠네요."

핸들을 잡은 양의 손이 뒤틀렸다. 엄청난 고통을 참는 사람처럼 인상을 찌푸리고 어금니를 깨물었다. 어깨가 좌우로 흔들리고 피부는 경련을 일으켰다.

"왜 그래, 어디 아파요?"

양이 자꾸 브레이크 페달을 밟는 탓에 차는 급정거를 거듭했다.

"화가 나면, 죽이고 싶은 사람을 떠올리면 부서지게 아파요. 진정시켜 줘요."

진정하고 냉정을 되찾아야 할 사람은 나였다. 하지만 양을 가라앉히지 않으면 나와 아기도 안전하지 않은 상황이었다. 차가 중앙분리대를 향해 대각선으로 움직이고 있었다.

"깊고 맑고 미지근한 호수를 떠올려요! 양 씨는 지금 호수를 유영하고 있어요."

이방인으로서의 불안은 기필코 불면증을 물고 왔다. 달방에서 6년을 살았다. 판자 너머의 이웃들은 코를 골거나 누군가와 낯선 언어로 다툼을 했다. 온종일 리믹스 뮤직을 듣는 사람도 있었고, 어떤 날은 내 방문 사이로 긴 철사가 들어와 잠금장치를 풀어버리기도 했다. 심박이 잦아들지 않는 밤이면, 나는 고무찰흙으로 귀를 막고 미지근한 호수를 상상했다. 맑은 물속에서 수초처럼 나부끼다 보면 체중과 부피를 잊곤 했다. 모든 소음이 서서히 멀어지고 부드러운 흙과 젖은 낙엽, 오래전 호수로 스며든 작은 기포들이 몸을 감싸는 감각이었다. 그러다 보면 두려움과 불안이 수그러들었다.

"아주 고운 진흙이 양 씨를 실크처럼 감싸요. 호수 안의 모든 생명이 양 씨 한 명을 위해 존재해요. 언제든 마음만 먹으면 호수를 나와 따뜻한 벽난로가 타오르는 오두막으로 갈 수 있어요."

양의 얼굴이 나른하게 풀어졌다.

"그 호수 밑에 살고 싶네요."

양은 뒤차의 경적음을 듣고 다시 운전을 시작했다. 익호의 흰 제네시스가 맹렬히 추격할 것만 같아 나는 사이드미러를 흘끔거렸다. 퇴근 시간을 넘긴 파계시의 중심 거리는 아직 차가 많았다. 시야에 들어오는 흰 차를 볼 때마다 가슴이 두근댔다.

"김선희는 고문 기술자예요."

양의 말에 발랑거리던 심장이 차갑게 식었다.

"아깐 장애인활동지원사라고 했잖아요?"

"네, 장애인을 교묘한 수법으로 고문했어요."

양은 울 것 같은 얼굴이었지만 눈은 건조했다.

"어떤 고문을 했는지 말할 수 있어요? 아까처럼 아플 것 같으면 그만두고요."

"아파도 해야 할 얘기예요. 그래야 죄책감 없이 죽일 수 있잖아요."

양은 17년 전 이야기를 그녀의 눈자위처럼 건조하게 꺼내놓았다.

선희는 양의 언니인 자연의 활동지원사였다. 부유한 중년의 주부였지만 봉사에 뜻이 있어 교육을 받고 현장에 나왔다. 결혼 전 미용사였던 선희는 당시 열네 살인 양과 열일곱 살인 자연의 머리를 직접 잘라주곤 했다. 자연의 뻣뻣한 관절을 정성껏 마사지해 주고 맞벌이하는 부모님을 대신해 밥솥에 카스텔라를 쪄 주기도 했다. 양과 자연은 그녀를 이모라 부르며 1년 7개월을 보냈다.

"11월 중순이었을 거예요. 이튿날 내가 다니던 중학교에서 수능이 치러진다고 했거든요. 그래서 대청소만 마치고 일찍 돌아왔어요. 언니도 선희 이모도 그 시간에 내가 올 줄은 몰랐겠죠."

현관에 들어섰을 때 양은 욕실에서 찰찰찰 흐르는 물소리를 들었다. 이모, 저 왔어요. 기척을 하고 거실로 들어갔지만 아무도 없었다. 아마도 욕실에서 선희가 자연을 목욕시킨다고 생각했다. 양은 욕실 옆인 자신의 방으로 들어가 교복도 벗지 않은 채 스르르 잠이 들었다. 그러다 점심 무렵 배가 고파 눈을 떴을 때까지 욕실에선 찰찰찰 물소리가 났다. 어쩌면 수전을 잠그지 않은 채 선희가 자연을 끌고 산책에 나선 게 아닐까. 양이 실내복으로 갈아입느라 옷장을 열었을 때 아주 희미한 신음이 들렸다. 배관을 타고 넘어온 이웃의 소음일지도 모르지만 양은 불길했다. 그녀는 정신없이 방문을 열고 나가 욕실로 들어갔다. 누르스름한 욕조 안엔 언니 자연이 고개를 오른쪽으로 떨어뜨린 채 앓고 있었다. 욕조로 향한 수전에선 새끼손가락 둘레만 한 물이 쏟아졌다.

"물은 서늘했어요. 언니는 지금 나처럼 눈두덩이와 입술이 파랬고요. 장장 3시간이나 거기 있었던 거예요. 김선희 짓이었어요."

양이 욕조의 물을 빼고 자연을 끌어내느라 악을 쓰자 선희가 어기적거리며 나타났다. 내가 안방에서 TV 보다 깜빡 졸았어. 한 30분이나 잤나. 얘, 넌 왜 벌써 집에 왔니. 대수롭지 않은 말투로 화제를 돌린 선희는 턱을 흔들며 경련하는 자연을 보곤 태도를 바꿨다. 차렵이불을 들고 와 자연을 감싸곤 등에 업어 거실로 옮겼다. 전기장판을 켜고 창고 방에서 가져온 히터까지 틀었다. 마치 양이 물에 빠트리고 자신이 구한 사람처럼 호들갑스럽게 팔자타령을 했다. 내 팔자야, 양아, 나부터 깨웠어야지. 네 언니가 얼마나 추웠겠누.

"언니는 처음 있는 일이고, 누구나 실수할 수 있다면서 김선희를 감쌌어요. 김선희가 버젓이 부모님 방에서 부부의 베개를 자신의 머리와 사타구니에 낀 채 늘어지게 잔 걸 알면서도요. 그게 어떻게 실수야."

자연은 한동안 감기와 몸살로 고생했다. 양이 집에 돌아오면 자연은 거실 전기장판 위에 누워 있었다. 선희는 TV로 홈쇼핑을 보며 자연의 얼굴에 부채질을 하곤 했다. 몸은 뜨끈한 게 좋아도 얼굴은 선선해야 모공도 안 늘어지고 잠도 잘 오지.

"언니는 저온 화상을 입고도 참았어요. 김선희가 세뇌했거든요. 이렇게 뜨거운 열기를 자주 쬐어야 뻣뻣한 관절과 근육이 풀린다고. 내가 아는 어느 법사님 아들은 한증막에서 살다시피 해 혼자 걷게 됐다고. 언니는 그 말을 믿었던 거 같아요. 그러니 한여름 땡볕 아래, 김선희가 다니던 절 마당에서 몇 시간이고 그 사람을 기다렸겠죠."

선희의 학대가 밝혀진 건 자연이 열여덟 살이 되던 초봄이었다. 그녀는 비염으로 고생하던 언니를 데리고 현관을 나와 엘리베이터 앞에 섰다. 때마침 선희의 남편에게서 전화가 왔다. 엘리베이터 버튼을 누르지 않은 채 선희는 부부 싸움을 했다. 그러니까 아주버님네 놔두고 왜 우리가 제사를 받아 오냐고? 이혼을 했으면 사람을 사서 차리든가, 아주버님이 그 잘난 애인 데려다 알콩달콩 제상 차리면 될 일이지. 어머, 이이 좀 봐. 내가 집에서 노는 사람이야?

"김선희는 언니의 휠체어를 힘껏 밀어 벽에 부딪히게 했어요. 사람이 바닥에 엎어져 앞니가 깨졌는데, 허공에 삿대질하며 자기 남편과 싸우기 바빴던 거죠."

자연은 이비인후과 대신 치과에 갔다. 양은 언니의 앞니 두 개가 부러지고 입술이 터진 걸 가장 먼저 발견했다. 양에게만큼은 질투심 많고 모진 구석이 있는 자연이었지만, 막상 겁을 집어먹자 동생에게 의지했다.

"재활할 때 아프다고 하면 엄살 부리지 말라고 손목을 비틀었대요. 물심부름이 귀찮을 땐 부러 끓는 물을 머그잔 가득 받아 한참을 기다려야 마실 수 있었다고도. 김선희는 늘 누군가와 통화하거나 십자수를 놓으며 시간을 보냈대요. 그걸 언니가 방해하면 웃는 얼굴로 괴롭혔고요."

고작 열다섯 살이었던 양은 부모님이 퇴근하고 집에 돌아올 때까지 기다릴 수 없었다. 그녀는 선희를 파견한 장애인 복지시설에 전화를 걸었다. 그리고 선희의 악행을 흐느껴 우느라 떠듬거리며 10분에 걸쳐 설명했다.

"김선희는 끝까지 사과하지 않았어요. 누런 무스탕 코트를 입고 자기 짐을 챙기러 와선, 온갖 악담을 퍼붓고 엄마 앞에 실내화를 집어 던지기까지 했죠. 더 어이없는 건, 내가 17년 동안이나 그 일들을 잊고 있었던 거죠. 내 혈육이 살해될 뻔한 여러 순간을요. 내가 이런 꼴이 된 건 김선희의 정성스러운 기도 때문일지도 몰라요."

양은 분노와 함께 찾아온 통증에 다시 몸을 떨었다. 그러곤 입으로 호수, 고운 진흙, 수초, 조약돌 등을 나직이 발음하다 겨우 몸을 진정시켰다. 차는 내 염려를 비웃듯 서우림아파트 지하 주차장으로 미끄러져 들어갔다. 퇴근했을 시간이라는 걸 알면서도 어디선가 군청색 점퍼 차림의 기범이 외부 차량은 주차 금지입니다, 하고 뛰어나올 것 같았다.

"저 전화 한 통 할게요."

기범이 지금 어디 있는지 알아야 안심이 될 것 같았다.

"아기 아빠, 기범 씨요?"

"이 시간까지 연락 없으면 걱정하니까."

이 아파트가 기범의 근무지라는 건 말하고 싶지 않았다. 양이 돌려준 핸드폰을 꺼냈다. 액정 위에 핏자국이 말라붙어 끈적거렸다. 소매로 액정을 닦아내고 보니 기범으로부터 두 통의 부재중 전화가 와 있었다. 양은 검은색 벤츠 맞은편에 차를 세웠다.

"전화했었네? 씻느라 못 들었어. 오빠 어디야?"

기범이 전화를 받자 준비한 거짓말을 풀어놓았다.

"야근 중. 밥은 먹었어?"

야근이란 말에 순간 입이 바짝 말랐다. 눈을 굴려 주차장을 돌아보았다. 주민들이 서넛 보였다.

"밥…… 먹었지. 근데 왜 야근이야?"

내 심박이 커진 걸 느꼈는지 양이 걱정스러운 표정을 지었다.

"기계실에 화재가 났어. 인터넷이랑 전화가 끊겨서 업체 부르고, 경찰이랑 소방관도 와 있어. 화재경보도 계속 오작동 중이야."

"오빠 잘못이야?"

이 타이밍에 실직을 하면 안 되었다. 아이가 생겼으니 그와 나는 예전보다 더 맹렬히 일하고 아끼고 저축해야 했다.

"노후화까지 내 잘못은 아니지. 그런데 나만 그렇게 생각하는 거 같아. 입주민 대표는 꼭 내가 방화범인 것처럼 화를 내더라. 거기 드나드는 열쇠는 나만 갖고 있으니까."

암담한 마음을 감춰야 했다.

"별일 없을 거야."

"그랬으면 좋겠다. 안에서 나 부른다. 이따 퇴근할 때 전화할게."

통화를 마치고 양을 바라봤다.

"보는 눈이 많아요. 여기선 사람 못 죽여요."

더군다나 기범의 근무지였다. 경찰과 소방관이 지하 2층 기계실 안에 있는데 살인이라니, 말도 안 되는 일이었다.

"들어오는 길에 소방차와 순찰차 봤어요. 성기범 씨 여기 근무하죠?"

"그래요, 그 사람한테 들키고 싶지 않아요. 그렇지만 너무 위험한 상황인 거 알잖아요."

나도 모르게 언성이 높아졌다. 양이 기범의 이름을 말하는 순간, 나는 마치 억울한 일로 멱살을 잡힌 사람처럼 부아가 났다.

"인터넷이 끊겼고, 경보기는 오작동 중. 그래서 주차장에 사람이 없는 거예요. CCTV에 우리 모습이 녹화될 걱정이 없잖아요."

양의 표정이 환해졌다. 종명이 내게 전한 양의 사진과 동영상은 수백 장에 달했다. 그는 최대한 가까이서 다양한 모습을 담느라 종종 위장을 했다. 그래서 현관문을 열고 배달 음식을 전해 받는 순간이나 직장 회의실에서 손님맞이용 커피를 들고 들어오는 양의 표정도 찍혀 있었다. 모든 사진 속의 양은 표정이 없는 사람이었다. 찡그리지도, 그렇다고 미소 짓지도 않았다. 늘 입안에 사탕을 물고 있는 사람처럼 진지할 뿐이었다. 그런 그녀가 앞니를 보이며 환희를 드러냈다. 어쩌면 이 모습이 진짜 양의 내면이 아닌가 싶었다.

"내가 뭘 하면 되죠?"

부정할 수 없는 건 우리의 살인이 훨씬 수월해졌다는 거였다. 양은 자신의 핸드폰에서 김선희의 연락처를 찾아냈다.

"이 번호로 전화해서 살짝 부딪혔다고 얘기해요."

"어디로 나올지 모르잖아요?"

"아뇨, 잘 알아요. 김선희는 자기가 원하는 숫자로 자동차 번호판을 사는 사람이거든요. 1234 네 자리를 구하려고 천만 원을 썼다고 자랑했어요. 돈이 썩어나는지."

양은 오래 준비한 사람처럼 주도면밀했다. 우리 맞은편에 주차된 검은색 벤츠의 번호판은 1234였다.

"그 사람 폰에 전화번호가 남으면…… 추적될 텐데."

"단화 씨는 내일 아침에 유양이 되잖아요. 아마 지금 쓰는 핸드폰도 대포폰일 테고. 이 차는 브로커 거. 그래도 겁나요? 어차피 실행은 내가 할 건데?"

김선희는 악인이다, 지금도 여전히 누군가를 고문하고 시치미 떼며 살고 있을지 모른다, 그녀를 거쳐간 약자들 몸엔 돌이킬 수 없는 흉터가 그득하다, 마음을 다잡았다.

"전화할게요."

나는 양의 핸드폰에 저장된 김선희의 연락처를 내 핸드폰 키

패드로 옮겼다. 다섯 번째 신호음이 울릴 즈음 선희가 전화를 받았다.

"선생님, 1234 차량 차주 되시죠? 운전이 미숙해서 살짝 부딪혔는데 내려와 보시겠어요?"

"원래도 낡은 차예요. 많이 깨진 거 아니면 그냥 가세요."

예상치 못한 대답이었다. 대체 운전을 어떻게 했길래 오목한 자리에 얌전히 세워놓은 차를 들이받느냐고 바락바락 화를 낼 줄 알았다.

"그래도 차주가 확인은 해주셔야 할 거 같아요. 안개등이 깨졌어요."

"억양이 좀 특이하시다. 외국 분이죠? 놀란 거 같으니 내려갈게요."

근래 5년간 아무에게도 듣지 못한 말이었다. 일부러 보통 한국 사람보다 더 단정한 어휘를 골라 쓰고 정확하게 발음하려 노력했다. 잠꼬대까지 한국어로 하는데, 선희는 어떻게 알아차린 걸까.

"내 한국말 서툴러요?"

양에게 물었다.

"김선희가 별난 거예요. 그 여잔 동네 개 한 마리가 늘어도 짖는 소리가 다르다며 저건 몰티즈, 저건 푸들, 저건 좀 늙은 발

발이, 잘도 알아맞혔어요. 그 능력으로 엄마의 비위를 맞추고 아빠의 눈치를 살폈고요."

양은 세상 모든 사람들이 꼭 한 가지씩은 초능력이 있다고 말했다. 사과를 정확히 반으로 똑 가르는 능력, 김치가 너무 물러지기 전에 찌개 냄비의 불을 끄는 능력, 볼펜 잉크가 바닥나기 직전 새 볼펜을 사는 능력, 겉만 보고도 잘 익은 과일을 찾아내는 능력. 선희는 상대가 내는 소리로 기원을 찾는 사람이었다. 양이는 참 희한해. 싫은 티를 너처럼 잘 감추는 사람은 애건 어른이건 처음 봐. 속에 백 년 묵은 구렁이 한 마리가 똬리 틀고 있는 거 같다니까.

"싫은 티, 고까운 티 다 낼 처지가 아니었어요. 내 응석 받아줄 어른이 우리 집엔 아무도 없었으니까. 내가 백번 졸라도 언니가 한 번 입 여는 게 더 쉬웠지. 침대를 바꿀 때도, 여름 장화를 살 때도 난 언니한테 부탁해야 했어요. 언니 걸 살 때 내 것도 덤으로 딸려 왔으니까."

양은 잡지 부록 같은 유년을 이야기하다 몸을 떨었다. 분노의 게이지가 치솟는 모양이었다. 얼굴 근육이 섬뜩하게 씰룩거렸다. 모공에서 누릇한 체액이 땀처럼 솟아났다. 혈관이 시커멓게 도드라지고 시큼한 체취가 올라왔다. 그녀의 울화는 단지 기괴한 힘만 끌어내는 게 아니었다. 보통의 시체보다 더 빨리 부패하게 만들었다.

103동과 주차장이 연결된 문이 열렸다. 반백의 머리를 짧게 당겨 묶은 60대 초반의 여자가 젊은 애들이나 입을 법한 짧은 패딩 차림으로 걸어 나왔다. 그녀의 뒤로 군청색 점퍼 차림의 남자와 큼직한 툴박스를 든 청년이 따라 나왔다. 기범이었다. 선희는 기범을 돌아보곤 상긋 웃으며 인사를 건넸다.

"김선희……!"

양이 고통을 삼키며 선희를 호명했다.

"안 돼요. 기범 씨가 나와 있어요."

나는 다시 허벅지를 끌어안아 몸을 낮췄다.

"미안해요. 나 참을 수 없어, 단화 씨."

양은 가속페달을 밟았다. 아마도 고개를 갸웃거리며 자신의 차로 향하는 선희를 발견했으리라. 양은 진저리를 치며 발진했다. 쿵, 하고 무언가 부딪히며 비명이 들려야 할 때였다. 그러나 그보다 요란한 소리가 먼저 찾아왔다. 사이렌과 함께 '화재가 발생했습니다, 화재가 발생했습니다' 경보기가 울렸다. 기범이 말한 오작동인 모양이었다. 그걸 인지한 순간 강한 충격이 차체를 울렸다. 비명은 없었다. 아니, 있었다 해도 화재경보음 때문에 들리지 않는 것인지도 몰랐다.

"김선희, 내 목소리 들리지? 그래, 그 병신 동생이야. 주둥이

놀린 죗값이 참 비싸구나."

 욕설을 쏟아낸 양은 일순 통증이 가라앉은 듯 편안한 얼굴로 차를 후진시켰다. 그리고 다시 전진, 후진과 전진. 차가 움직일 때마다 과속방지턱을 넘듯 차체가 들썩거렸다. 양은 선희를 치고, 행여 살았을까 봐 다시 밟는 중이었다. 누군가 이 현장을 목격하고 달려오는 게 아닐까.

"단화 씨, 끝났어요."

 양은 나직이 말하고 핸들을 틀어 출구로 향했다. 나와는 아무 연결점 없는 자동차 바퀴였지만 그 아래 사람이 깔렸다고 생각하니 슬리퍼 바닥으로 생쥐를 밟은 것처럼 소름이 돋았다. 물컹한 몸뚱이를 타 넘던 찰나의 기억이 생목처럼 올라왔다. 주차장을 빠져나왔지만 아무도 우리를 저지하는 사람이 없었다. 비로소 허리를 펴고 조심조심 차창을 내다봤다.

"어떻게 된 거예요?"

"경보기 오작동 소리에 성기범 씨와 기술자는 기계실로 뛰어갔어요. 소리에 민감한 김선희도 걸음을 멈추고 경보기를 바라봤죠."

"무모했어요! 아귀가 딱 떨어지지 않으면 우린 그 자리에서 체포될 뻔했다고요. 난 단 하루도 양 씨로 살아보지 못하고 감옥에 처박힐 뻔한 거라고. 뭣보다⋯⋯ 그 여자가 솔직히 이

정도로 비참하게 죽어야 할 만큼 악인인지 확신도 안 섰다고요."

양은 고개를 끄덕거렸다.

"아닐지도 모르죠. 근데 억울하게 죽은 마당에 왜 정의로워야 하죠? 난 당했는데, 그 여잔 왜 안 돼요? 그냥 원한 좀 풀고 가면 안 되는 거냐고!"

그녀를 죽인 나로선 대꾸할 말이 없었다. 양은 체증이 가라앉은 개운한 얼굴이었다. 중심지를 벗어나서 다시 도로가 한산해지고 행인도 드물었다. 양이 자신의 핸드폰을 내게 건넸다.

"이제 당신이 가져요. 패턴 알죠?"

인수인계가 시작된 것 같았다.

"다음 사람 해치우면 은행 핀 번호 알려줄게요. 여권 쓰려면 역시 지문이 필요할 텐데 브로커가 죽어서 어떡해요?"

"지문 기술자는 따로 있어요. 아까 본 러시아 사람."

"익호?"

"네."

"돈에 미친 사람이라면서요. 통장 잔고가 2천 5백만 원쯤 있어요. 단화 씨가 모은 돈이랑 합쳐서 그 사람한테 부탁하면 안 돼요? 그럼 의뢰인도 만나게 해줄지 몰라요."

양은 모른다. 내가 얼마나 크고 작은 상처들로 만들어진 거대한 흉터의 집합체인지. 생존 확률이 50퍼센트도 되지 않는 컨테이너를 타고 맨몸으로 바다를 건넌 외국인이 되어보지 않았으니까. 우리는 거기서 우울하거나 외롭지 않았다. 상처를 아파하거나 치료할 줄도 몰랐다. 팔딱이는 심장을 오늘 하루 유지하는 게 목표인 하루살이들이었다. 그때 우리가 얼마나 우울하고 외로웠는지는 컨테이너를 떠나온 다음에야 깨달았다.

"우린 오늘 익호의 거래선 하나를 폭파시킨 거예요. 돈 몇 푼으로 해결될 일이 아니에요."

죽느냐 죽이느냐, 꼬리에 꼬리를 무는 슬픔이 어둠처럼 짙었다.

종명의 레인지로버는 서해안고속도로를 타지 않았다. 마구발방 산업단지를 휘젓다 빌라촌을 거쳐 도심으로 향했다. 목표물을 바짝 쫓는 것만큼 멍청한 사냥은 없다. 멀찍이 떨어져 큰 그림을 보고 행선의 목적을 파악해야 한다. 그리고 행선지 어딘가에 숨겨놓았을 약한 고리를 끊는 게 확실하다.

종명에 대해 나는 잘 안다. 그는 대개 공장에서 생활하지만 세종시에 번듯한 전원주택이 있었다. 집을 지키는 건 동거녀와 아홉 살 먹은 핏불 암컷 한 마리였다. 지난달 집마저도 법원 경매로 넘어갔으니 지금쯤 동거녀는 개를 끌고 부모가 사는 인천으로 떠났을 터였다. 부모, 형제, 친척 하나 없는 이국에서 종명은 저와 비슷한 처지의 불법체류자들에게 뿌리를 내렸다. 그는 자신이 신분을 얻어준 불체자들을 협박해 다달이 돈 천만 원의 가욋돈을 만들어 왔다. 종명에게 신분을 산 불체자들은 거래가 마무리되면 그를 영영 만날 일이 없을 줄 알았을 터였다. 하지만 종명은 뒤끝이 질기고 더러운 사내였다. 그는 자신과 거래한 불체자들의 직장에 불현듯 찾아갔다. 내가 급전이 필요한데 말야, 네 한국인 마누라한테 꿀 순 없잖아. 꿍쳐둔 것 좀 내놔봐. 원한을 진 사람은 많아도 호의를 베풀 만한 사람은 없었다. 그런 그가 서우림아파트 단지에 30분가량 머물렀다는 게 의아했다. 어쩌면 종명이 아니라 단화 쪽에서 답을 찾아야 할지 몰랐다.

단화, 단화에 대해선 그녀 자신보다 내가 더 빠삭하다. 유양이라는 여자의 신분을 갖기 위해 단화는 천성을 거슬렀다. 살인은 종명이나 나 같은 인간에게나 어쩌다 한 번 마지못해 저지르는 꺼림칙한 행사였다. 단화는 10원 한 장 없이 한국에 떨어져 물류센터와 중식당, 발골사와 세신사를 거쳤다. 조금만 눈을 돌리면 적게 일하고 많은 돈을 벌 기회가 허다했다. 신분이 불명확하니 보이스 피싱 인출책이 될 수도 있었고, 얼굴이 예쁘장하니 취한 사내들과 노래 부르고 입 맞추며 술값을 덤터기 씌울 수도 있었다. 하지만 단화는 많이 일하고 적은 돈을 벌기로 한 유일한 컨테이너 멤버였다. 그랬다. 나는 컨테이너 탑승자 모두의 인생을 들여다보고 접근했으며 이국에서의 삶이 어땠는지 물었다. 유일하게 다가서지 못한 인물이 단화였다. 그녀는 항상 양지에서 일했다.

손에 잡히지 않는 단화에게 나는 한동안 몰두했다. 모든 인간은 내 옆에 선 사람보다 마주 선 사람을 보게 되어 있으니까. 나의 정반대 편에 선 그녀를 오래 관찰하며 이해해 보려 노력했다. 잠금장치라곤 허접한 자물통 하나가 전부인 달방에 살 땐 문을 따고 들어가 단화가 먹고 입고 누웠을 자리에 한참씩 서 있다 돌아오기도 했다. 바느질을 잘하는구나, 겨울옷은 겨우 세 벌뿐이구나, 화장품 대신 바셀린을 바르는구나.

단화에게 남자가 생긴 건 유양의 인생을 모사하기 시작한 즈음이었다. 뒤늦게 우울과 외로움이 덮쳤던 걸까. 단화는 유양 명의로 계정을 만들었다. 나는 10분 간격으로 그녀의 핸드폰에서 벌어지는 변화를 확인했다. 집도 찾아가는 내가 핸드폰을 해킹하지 않을 이유는 없었다. 적막하던 단화의 핸드폰이 활기를 띠었다. 데이팅 앱을 깐 다음부터였다. 단화는 매일 밤 성기범이란 남자와 앱으로 메시지를 주고받았다. 스물아홉 살, 5년 차 웹디자이너예요. 기범 씨는 무슨 일 해요? 단화는 구더기 끓던 컨테이너 속 소녀가 아니었다. 조금 부끄러움을 타고 사소한 농담에 적당한 이모티콘을 보낼 줄 아는 평범한 한국 여자였다.

단화와 기범은 파계백화점 시계탑 아래서 처음 만났다. 코트 깃을 바짝 세우고 외벽에 기대 두 사람의 모습을 염탐했다. 웃는구나, 저 여자도 웃을 줄 아는구나, 세 벌뿐이던 옷이 한 벌 더 늘었구나, 먹고 싶은 음식이 고작 우동이었구나. 그 무렵, 종명이 단화와 유양 이야기를 꺼냈다. 서로 구면이니 좀 싸게 해달라는 부탁이었다. 나는 거절했다. 다른 거래처럼 정확히 1억 원을 가져와야 하며, 단화가 보는 앞에서 직접 시신의 손가락을 잘라 가겠다고 대답했다. 이유는 나 스스로도 명확하지 않았다. 형평성을 유지하고 싶었을 수도 있었다. 어쩌면 질투 어린 악의일지도. 늘 안주머니에 넣고 다니는 메스로 결정적인 순간 단화를 죽음으로 내몰지도 모른다고 생각했다. 물론 아닐 수도. 나는 그녀가 웃는 얼굴이 좋아졌으니까.

서우림아파트는 기범의 직장이었다. 카지노로 떠나기 전 약혼자를 만나는 이유가 궁금했다. 뭔가를 통보할 거면 전화 통화로도 충분했다. 굳이 대면이라, 물건을 전달하려 찾아갔을 확률이 높았다. 유추해 보자면 종명과 단화 둘 중 한 사람이 실수로 유양의 시체를 망가뜨렸을지도 모른다. 손가락은 사라졌고, 나는 곧 들이닥칠 테고, 가진 돈까지 모두 털릴 상황에서 종명과 단화는 탈출을 계획했을지도. 가진 돈의 일부를 기범에게 맡기고 나머지는 두세 배쯤 불려올 어리석은 생각은 아니었을까. 차라리 그 냉정한 얼굴을 풀고 내게 웃어준다면 새로운 신분을 찾아줄 수도 있을 텐데. 단화는 늘 그렇듯 미련했다.

나는 종명과 단화가 빠져나가자마자 엇물리듯 서우림아파트 지하 주차장으로 들어갔다. 화재경보기 소리가 쩌렁쩌렁 울렸지만 주차장으로 내려온 사람은 없었다. 엷은 핏자국을 남긴 바퀴 모양이 층을 내려갈수록 진해졌다. 지하 3층에 다다랐을 때, 나는 검은색 패딩 차림의 60대 여자 시체를 발견했다. 죽은 지 얼마 되지 않아 뜨거운 피가 허연 김을 뿜었다. 열린 지퍼 아래 가슴이 우묵하게 들어간 걸로 보아 차바퀴에 갈비뼈가 모조리 부러진 모양이었다. 핏자국을 남긴 바퀴 모양은 영락없이 종명의 레인지로버였다. 그 둘은 왜 여자를 살해하고 도망친 걸까. 나는 빈자리에 차를 대고 다음에 벌어질 일을 기다렸다.

이윽고 화재경보가 멈췄다. 기계실에서 기범이 나왔다. 그는 기계실 안쪽에 대고 머리를 몇 번 조아린 뒤 어깨를 크게 한 번 들썩여 한숨을 쉬었다. 기범의 시선이 바닥에서 허공으로, 허공에서 저만치 떨어진 여자에게로 향했다. 그는 화다닥 달려와 점퍼 호주머니에서 핸드폰을 꺼냈다. 경찰, 아니면 관리소장. 누가 될진 몰라도 삼자가 끼어들기 전에 내가 나서야 했다. 왜 종명과 단화가 다녀간 건지 물어야 했으니까.

나는 길게 경적을 울리고 차 문을 열었다. 통화 버튼을 누르려던 기범이 고개를 들었다. 단화를 품에 안고 살기엔 비루한 낯짝이었다.

"누구……?"

대꾸할 의무가 없었다. 나는 성큼성큼 걸음을 옮기며 오른손 엄지에 쇠골무를 끼었다. 그러곤 기범의 관자놀이를 쇠골무로 강타했다. 그의 보잘것없는 몸뚱이가 우레탄 바닥에 철퍼덕 넘어지기 전에 덥석 끌어안았다. 범죄에 익숙지 않은 사람들이나 목을 조르고, 칼부림을 하고, 무작정 둔기를 휘두른다. 인간의 몸을 제대로 알고 연구한 소수만이 정확한 타격점을 잡고 공격하기 마련이었다. 기범은 짧으면 1~2분, 길면 10분가량 의식을 잃을 터였다.

기범을 뒷좌석에 실었다. 케이블 타이로 손목과 발목을 결박하고 양쪽 입술 끝을 스테이플러로 집었다. 소리는 못 지르되 말은 할 수 있어야 하니까. 쇠골무를 빼서 컵 홀더에 던져 넣었다. 일단은 여길 빠져나가는 게 급선무였지만 마음은 느긋했다. 밤은 길고, 종명의 차는 아직 파계시에 있었다.

겁에 질린 단화는 아직 납작한 자신의 배를 어루만지며 울상을 지었다.

"익호도 사람인데 죽는 게 두렵겠죠. 걱정 마요. 내가 선택하게 할게요. 지문을 만들어 줄 건지, 시체한테 발기발기 찢길 건지."

난 자꾸 웃음이 났다. 차마 하지 못한 말들, 늘 머릿속으로만 맴돌던 단어들을 거침없이 쏟아내니 통쾌했다. 이런 기분일 줄 알았다면 오늘 홍 사장의 돋보기를 벗겨 집어 던지고 당신은 쪼다야, 쪼잔한 게 다인 인간, 소리 지를걸 그랬다.

"나를 어떻게 배웠어요?"

내내 궁금했다. 나라는 인간을 어떻게 학습하고 흉내 내었던 걸까. 외형은 본래 비슷했더라도 은은하게 말끝에 남는 충청도 억양과 윗입술을 들지 않고 말하는 습관 같은 건 영상이나 사진만으로 배우기 어려웠을 터였다.

"반복, 또 반복했어요. 가끔은 직접 겪기도 했고요."

단화가 수줍게 답했다.

"날 겪었다고요? 어디서?"

"양 씨가 다니는 마트, 식당, 편의점 다 가봤어요. 그러다 마주친 적도 있었고요. 이상한 거 못 느꼈어요? 늘 양 씨 전화번호로 마일리지 적립했는데."

"기억이 안 나요. 난 그렇게 민감한 사람이 아니에요. 우리가 마주쳐서 뭘 했나요?"

단화가 잠시 머뭇거리다 겨우 입을 뗐다.

"내가 싸움을 걸었어요. 이종명이 보낸 사진과 영상 속엔 양 씨 화내는 모습이 없었거든요. 난 희로애락을 다 알고 있어야 했어요."

단화의 설명에 따르자면 그날 나는 하나 남은 편의점 도시락을 집었다고 했다. 저기요, 그거 내가 사려고 반숙란 위에 올려놓은 거잖아요. 뭐, 이런 여자가 다 있어?

억지라는 걸 그녀도 잘 알았다고 했다. 바구니나 손에 든 것도 아닌데, 자기가 임자라고 날을 세웠으니 뭐라 한마디 쏘아붙일 줄 알았다고.

"근데 양 씨가 뭐랬는 줄 알아요? 그래요, 그럼. 딱 그 한마디였어요. 내게 도시락을 건네고 삼각김밥 두 개를 집어 가더라고요. 아, 저 사람 웬만해선 참는구나. 어쩌면 화가 안 나는지도 모르겠네. 그게 생존 전략이구나, 생각했어요."

내 이야기였지만 남 이야기 같기도 했다. 그런 일이 있었던가. 비슷한 상황은 하루에도 몇 번씩 벌어졌으니 충분히 있을

법했다. 하지만 단화는 오해하는 게 하나 있었다. 나는 화가 많은 사람이었다. 하루에도 몇 번, 1년이면 수백수천 번, 무례한 사람과 배려 없는 세상에 분통이 터졌다. 그래서 김선희를 고발한 거였고, 그 일 이후 부모님은 더욱 언니를 애면글면했다. 화를 내어 내가 얻는 이득이 없었다. 무수히 많고 비슷비슷한 얼굴 뒤에 숨어 익명으로 존재하는 게 수월히 사는 방법이라고 생각했다.

"나도 크게 화내본 적 있어요. 사람을 때리기까지 했으니 제대로 화낸 거죠."

그런 나조차도 견딜 수 없는 순간이 있었다. 빨간색 벽돌을 단단히 움켜쥔 채 그 남자의 뒤통수를 후려치고 도망친 12년 전 초가을이었다. 남자의 이름은 박준열이었다. 노랗게 탈색한 긴 머리를 반묶음 한 대학생이었다. 내겐 박준열이라는 이름보다 프로메테우스라는 닉네임이 더 익숙했다.

"랜덤 채팅 알죠? 키워드를 치고 들어가 서로의 목적에 맞는 상대를 찾는 프로그램이요. 언니는 장애인, 여자, 대화 상대라는 세 단어에 홀렸어요. 채팅방을 개설한 사람은 경호학과 2학년생 프로메테우스였고요."

언니는 갤러리에서 가장 마음에 드는 사진을 골랐다. 선희가 뽀얗게 화장을 해주고 둥글둥글 머리에 컬을 만든 사진이었다.

여러 보정 앱을 거친 언니의 얼굴은 인위적이지만 충분히 미인으로 보였다.

"옆에서 지켜보면서도 말리지 않았어요. 그때 언닌 성인이었고 나도 조금은 궁금했거든요. 장애인 여자와 대화하고 싶어 하는 괜찮은 스펙의 남자는 대체 누구인지."

세상살이에 조금 빠끔해진 지금에야 랜덤 채팅 자체가 위험하다는 걸 알게 되었다. 더구나 대화하고 싶은 상대가 영구적인 장애를 갖고 있길 바란다는 건 변태 성욕자일 가능성이 높았다. 하지만 그 시절의 나는 언니보다 더 무지했다.

"언니 대신 내가 타이핑을 해줬어요. 어디 살아요? 전공이 뭐예요? 취미요? 그런 질문들을 보내고 '저는 뇌성마비예요. 방통대에서 국어국문 전공하고 있어요. 시 읽는 거 좋아해요. 정희준, 박주연 시인이요.' 같은 답장을 보내줬고요."

준열은 언니가 좋아하는 시인들의 대표 시를 다 알고 있었다. 그는 매주 수요일과 목요일에 농구를 하고 주말엔 게임을 하는 게 낙이라고 했다. 전역한 지 이제 6개월째이고, 여름내 해수욕장 안전 요원으로 알바를 했다고 말했다. 그러곤 몇 장의 사진을 보냈다. 파계가 고향인 그는 나부해변과 여행자 거리, 수영팬티만 달랑 걸친 채 선글라스를 쓰고 있는 셀피 끝에 머쓱하게 웃는 이모티콘을 붙였다.

"잘생긴 건 아닌데 젊고 건강한 남자의 활력이 끓어넘치는 모습이었어요. 언니를 설레게 하기에 충분했죠. 솔직히 나도 그 사람과 대화하는 게 즐거웠고요."

인정해야 했다. 나와 언니는 동시에 준열에게 빠져들었다. 우린 약속한 것처럼 저녁을 먹은 다음엔 언니 방에서 준열과 채팅을 했다. 언니는 재활센터와 집만 오가는 자기 일상이 너무 지루하고 심심하다며 내 이야기를 섞어달라고 부탁했다. 오빠, 버스에서 이상한 남자를 봤어요. 사람이 많지도 않았는데 내 옆에 착 붙어서 자꾸 앓는 소리를 내는 거 있죠. 준열은 그게 다 네가 예뻐서라는 대답을 했다. 그때도 그 대답이 이상하다고 생각했지만 남들처럼 왜와 어떻게를 따져 물을 수 없었다. 준열이 셀카 한 장만 보내달라고 부탁했기 때문이었다.

"언니는 새파랗게 질렸어요. 변변한 사진이 한 장도 없었거든요. 늘 어딘가에 기대거나 눕다 보니 머리는 양 갈래로 땋아 묶었고 얼굴은 주근깨가 가득했어요. 차라리 채팅방을 나가자며 울먹거렸어요."

나는 언니 대신 내 셀카를 찍었다. 고개를 조금 숙이고 눈을 크게 뜬 뒤 입술을 동그랗게 모아 비죽 내민 모습이었다. 필터로 피붓결을 곱게 다듬어 준열에게 보냈다. 뇌성마비라고 하더니 전혀 모르겠다. 완전 내 이상형이야. 우리 한번 만날래? 여기서 대전까지는 차로 1시간 30분이면 가니까. 형 차 빌리면 돼.

준열은 내 셀카를 보고 흥분을 감추지 못했다. 그럴수록 언니의 표정은 어두워졌다. 준열이 구애하는 사람은 언니가 아닌 나였으니까. 아무리 충충한 색의 옷을 입혀도 열여덟 살의 새빨간 꽃봉오리는 감춰지지 않았다. 언니는 손을 뻗어 내게 핸드폰을 달라고 했다. 나는 달뜬 얼굴을 부러 차갑게 식히고 언니에게 핸드폰을 넘겼다. 그녀는 느린 동작으로 핸드폰 카메라 앱을 열어 무표정한 자신의 얼굴을 찍었다. 그러고는 채팅방에 자신의 사진을 업로드했다. 언니가 미안합니다, 다섯 음절을 타이핑하는 동안 준열은 메시지가 없었다. 언니는 어깨를 들썩거리며 울었다. 콧물이 인중을 타고 내려와 입술 새로 흘러 들어갔다. 나는 잠시나마 우리 자매를 들뜨게 한 유희가 사라졌다는 게 서운했다.

"박준열한테 답장이 왔어요. 이게 더 귀여운데, 주말에 만나러 가도 돼? 언니는 더 크게 울었어요. 크게, 크게, 너무 커서 자려고 누웠던 부모님이 한걸음에 달려올 만큼."

언니는 유림공원에서 준열을 처음 만났다. 쫑쫑 땋았던 머리를 풀어 곧게 펴고 옅은 눈썹은 진하게 그렸다. 클로버 모양의 귀고리, 리넨 원피스 차림의 언니는 버진 로드 앞에 선 신부처럼 긴장되어 보였다. 그녀를 휠체어로 실어 나른 사람은 나인데, 준열이 도착하기 전에 집으로 돌아가라고 쫓아 보냈다. 나는 공원 앞 버스 정류장에 서서 공원으로 들어가는 승용차들의 운전석을 살폈다. 한 대, 두 대, 세 대. 약속한 시간에서 10분쯤 지났을 때 염색 머리에 피부가 가무잡잡한 젊은 운전자가 보였다. 그는 차창을 반쯤 내린 채 담배를 피우고 있었다. 사진보다 왜소하고 이목구비도 흐릿했다. 내가 언니라면 실망하고 자리를 떴겠지만, 그녀는 초저녁까지 연락이 없었다.

"언니는 주말마다 박준열을 만났어요. 난 데려다주고 데려오는 일만 맡았죠. 이래도 되나, 두려움과 죄책감이 들었지만 그 시절만큼은 언니도 살갑고 상냥하고 활기차 보였어요. 그래서 멈출 수가 없었어요."

언니의 위태로운 데이트는 그리 오래가지 못했다. 10월 마지막 주쯤 다섯 번째 데이트를 마친 준열은 주말 아르바이트를 시작한다며, 당분간은 통화와 메시지만 주고받자고 통고했다. 그는 늘 누군가와 통화 중이거나 전화를 받지 않았다. 메시지 역시 읽지 않았다. 언니는 원망 대신 자책했다. 마지막 데이트에서 침을 흘렸는데, 마침 손수건이나 휴지가 없어 닦지 못했다고. 늘 차에서만 만나 답답하니 다음엔 같이 밥이라도 먹으러 가자고 보챘다고. 브래지어와 팬티를 세트로 입지 않은 게 실수였다고. 나와 생리 기간이 늘 맞물리던 언니는 2주째 생리가 없었다.

"맞아요. 언니는 차 안에서 박준열과 성관계를 가졌어요. 나도 모르게 내가 박준열을 도운 셈이었죠."

언니는 중절 수술을 선택했다. 불법 시술인 탓에 수술비는 1백만 원에 가까웠다. 부모 몰래 마련하기엔 너무 큰 액수였다. 언니는 엄마가 한동안 차고 다니다 이제는 질려 고이 모셔놓은 금팔찌를 내게 팔아 오라고 부탁했다. 도둑년, 이걸로 애 떼겠지. 어린 게 아랫도리만 발랑 까졌구나. 금은방 주인은 별말 없이 팔찌를 받고 돈을 내줬지만, 나는 내내 그가 마음속으로 떠들 말들을 상상하며 죽고 싶었다.

"난 지금도 박준열이 어디에서 뭐 하고 사는지 알아요. 오래 쓴 ID는 버리기 어렵잖아요. 그 ID로 SNS 계정을 만들고 거기에 졸업과 취업, 결혼과 승진 소식을 알렸어요. 박준열의 아내는 비장애인에 작고 통통한 미인이더라고요. 태어난 지 얼마 안 된 딸도 있더군요."

준열은 파계시 소방공무원이 됐다. 노란 머리는 사라지고 M자형 탈모가 시작된 스포츠머리였다. 그는 아내가 운영하는 미용실 광고 팝업을 만들러 알파고 배너마켓에 찾아왔다. 분명 나와 눈이 마주쳤는데 알아보는 눈치가 아니었다. 준열은 인터넷에서 캡처한 이미지 몇 개를 내놓으며 비슷한 느낌으로 연출해

달라고 부탁했다. 그러곤 자신이 지역 토박이이자 소방공무원이니 더 잘해달라고 군말을 보탰다. 그걸 들어줄 홍 사장이 아니었다. 지역 상권이 발전해야 저희도 먹고살죠. 유 대리, 샤넬미용실은 이문 안 남기고 싸게 견적 뽑아드려. 홍 사장의 멘트는 어느 고객에게나 똑같았다.

"양 씨, 설마 소방서로 가는 거예요?"

단화는 잘못 짚었다. 내가 아무리 눈에 보이는 게 없는 시체라 해도 제복 입은 소방관을 소방서에서 죽일 만큼 미련하지는 않다.

"아까 빌라촌, 박준열 차가 있나 확인하러 간 거였어요."

준열의 집을 알게 된 건 샤넬미용실 팝업의 택배 주소지 덕이었다. 직접 찾아가 본 것도 오늘이 처음이었다. 준열의 흰색 쏘렌토가 주차되어 있었다. 퇴근했거나 비번이라는 뜻이었다. 선희와 같은 방법으로 준열을 불러내고 싶었지만 빌라촌에선 CCTV를 피할 길이 없었다. CCTV가 없고 차를 노출하지 않을 방법은 하나. 적당한 위치를 잡아 준열을 끌어들이는 수밖에.

"중고거래 앱 켜봐요. 내가 헌책 처분할 때 박준열, 프로메테우스가 소방관 캘린더 내놓은 걸 봤어요. 몸 좋은 남자들이 옷 벗고 찍은 그런 거. 단화 씨 폰으로 박준열에게 말을 걸어줘요."

파계시에서 가장 인적이 뜸하고 CCTV가 드문 곳은 재개발

지구인 농천동이었다. 과거 윤락가와 사설 도박장 천지였던 농천동은 대대적인 정비 사업을 앞두고 입주민과 상인들을 이주시켰다. 거기까지만 불러내면 뒷일은 수월할 터였다.

"내 폰에 그런 흔적 남기기 싫어요. 기범 씨가 알면 안 돼요. 그 사람한테 난 깨끗해야 해요."

단화가 딴지를 놓았다.

"그까짓 달력이 뭐라고 무결을 따져요? 무결한 인간이 어딨어요? 기범 씨는 깨끗해요? 정말 그렇게 믿는 거예요, 믿고 싶은 거예요?"

기범의 이름이 나오자 단화의 표정이 싸늘해졌다. 나도 저랬을까. 선희를 떠올리며 부서질 듯한 발작이 시작되기 전에 저리도 표독스러웠을까. 단화는 철저히 나를 연기하는 사람이었다. 그녀의 표정은 매 순간 나를 닮았으니, 아마도 그랬겠지.

"무결하지 않아도 상관없어요. 무결하지 않다는 증거만 없으면 돼요. 기범 씨도 그럴 거예요. 그래서 내 핸드폰으로 온라인에 그런 흔적이 남는 게 싫어요."

믿지 않지만 믿기로 했다는 말처럼 들렸다. 네가 싫으면 내가 메시지를 보내겠다고 일갈하려던 그때, 단화의 핸드폰이 진동했다. 그녀의 얼굴이 일그러졌다. 전화를 건 사람은 성기범이고 영상통화였다. 단화가 나를 향해 무어라 말했다. 왜, 아니면 어떻게였으리라.

―❦―

"받든가 끊든가 뭐라도 해봐요."

양이 핸드폰을 바라보며 윽박질렀다. 통화 버튼을 누를 수 없었다. 그 대신 전원 버튼을 누르려는 찰나, 발신자가 저장되지 않은 번호로 문자메시지가 왔다. 목단화, 성기범 살리고 싶으면 받아. 상대는 내 본명을 알고 있었다. 너무 놀라 정수리가 따끔했다. 양이 내게서 핸드폰을 가져가려고 손을 뻗었다.

"받을 거예요. 잠깐 세워줘요."

내 표정이 심상치 않다는 걸 깨달은 모양인지 양이 후미진 갓길에 차를 세웠다. 통화 버튼을 눌렀다. 양 입아귀에 큼직한 스테이플러 심이 박힌 기범이 고개를 푹 숙이고 있었다.

"그 아줌마는 왜 죽였어요?"

악센트가 독특한 목소리, 익호였다.

"성기범은 기절할 때까지 맞고도 목단화가 누군지 모른대요. 그런 여자한테 돈 받은 적 없다는데 진짜예요?"

익호는 우리 뒤를 쫓고 있었다. 그러다 선희의 시신을 발견했을 거고 도무지 맞춰지지 않는 퍼즐에 기범을 끼워 넣은 모양이었다.

"익호 씨, 그이는 이번 일하고 상관없어요. 돈 같은 거 준 적 없으니까 그 사람 풀어줘요, 제발요."

기범이 의식을 되찾으려는지 목을 가누려 애쓰는 모습이었다.

"나는 질문을 했는데 너는 왜 딴소리를 합니까? 아줌마는 왜 죽였어요? 종명이는 옆에서 듣고만 있습니까?"

익호는 내가 종명과 이동 중이라 넘겨짚었다. 평화자원에서 압축기의 혈흔을 봤을 테니, 처리된 시신이 양이라고 추측한 걸지도 몰랐다. 이런 험악한 대화를 기범이 듣게 해선 안 되었다.

"대답 안 하면 성기범 깨워서 삼자대면합니다. 대답하면 성기범은 다시 재워줄 거고."

카메라가 거칠게 움직이며 옆자리에 앉은 익호의 상체를 비췄다. 그의 손가락에 쇠골무가 끼워져 있었다.

"내가 죽였어요. 한이 맺혀서."

불쑥 양이 대화에 끼어들었다. 그 순간 익호가 쇠골무로 기범의 관자놀이를 강타했다. 이제 겨우 의식을 되찾으려던 기범이 스륵, 익호의 어깨로 무너졌다.

"옆에, 종명이 아니군요. 방금 말한 사람한테 핸드폰 넘겨요."

익호의 말에 양이 내 핸드폰을 가져갔다. 양은 비장한 눈빛으로 익호의 반듯한 어깨선을 바라봤다.

"유양……."

익호는 양을 한눈에 알아봤다.

"단화 씨 얘기론 당신이 우릴 죽일 거라던데, 맞아요?"

양은 생전의 면모를 완전히 지웠다. 익호의 쌍둥이 여동생 같다는 생각마저 들었다.

"난 성실하게 계약을 이행할 겁니다. 당신을 죽이겠죠. 하지만 목단화를 건드릴 생각은 없어요. 지문 작업도 해줄 겁니다. 왜냐하면 앞으로 목단화가 이종명의 역할을 대신해 줘야 하니까요. 누군가는 공석을 채워야겠죠."

내가 청부 살인 브로커로 살아야 한다는 얘기였다. 컨테이너나 황해를 건너온 어선에서 돈이 나올 만한 인물을 추려 살인을 권유하고 목숨값을 받아내는 일이었다. 아이가 생기지 않았다면 이 자리에서 자결을 해버리는 게 나은 선택일지 몰랐다.

"나 벌써 죽었는데? 무슨 조화인지 몰라도 저승사자가 도망가 버렸어요."

양이 잇몸이 보이게 웃으며 종명의 후드 티를 아래로 당겼다. 그러자 그녀 목에 남은 칼자국이 드러났다. 나도 차마 똑바로 바라볼 수 없어 눈을 피했던 칼자국은 예상보다 훨씬 깊고 커다랬다. 째진 살갗 아래에 끊어져 나달거리는 경동맥과 하얀 근육

층이 보였다. 터져 나오는 비명을 욱여넣었다.

"서익호 씨는 어째 목단화를 소유하고 싶어 하는 거 같네?"

양은 웃음기가 다 거두어지지 않은 얼굴로 말했다. 익호는 대답이 없었다.

"목단화, 저 여자는 당신을 인질로 잡고 있어요."

익호가 뜬금없는 얘기를 하고 전화를 끊었다. 내가 인질이라니. 양은 썩어가고 있었다. 그녀가 발작할 때마다 부패는 가속화되었다. 벌써부터 멸치젓 끓이는 냄새가 맡기 괴로웠다. 머지않아 영혼의 그릇인 육신이 사라질 양이, 누구에게 무엇을 얻어내기 위해 나를 인질로 잡았단 말인가.

"누가 봐도 당신을 갖고 싶은 거잖아요. 죽은 사람이 말하고 움직이는데 놀란 기색이 하나도 없는 게 이상하지 않아요? 그 사람은 이종명이 죽은 게 기회라고 생각했을 거예요. 당신을 구속할 명분이 생겼으니까. 근데 나라는 괴물이 그 속을 뻔히 훑고 자기가 좋아하는 여자를 죽일까 봐 겁이 난 거죠."

양이 다시 차를 움직였다. 그녀가 무슨 얘기를 하는 건지 여전히 이해하기 힘들었다. 익호가 말하고 움직이는 시체에 놀라지 않은 건 처음 겪는 일이 아니기 때문이었다. 컨테이너선에서 익호, 그리고 우리 모두 썩어가는 남자와 25일을 보냈다.

익호가 남자를 취식한 지 이틀째 되는 날, 컨테이너가 요동쳤다. 내내 잠잠하기만 한 배가 항구에 닿았나 싶어 모두들 자리에서 일어섰다. 낡고 부식된 컨테이너는 모서리 부위가 희미하게 벌어져 있었다. 중년 남자 한 명이 주머니에서 열쇠를 꺼내 벌어진 틈을 벌겼다. 한 줄기 빛이 광선 검처럼 컨테이너로 쏟아졌다. 중년 남자는 허리를 낮춰 조심스럽게 컨테이너 밖을 내다보았다. 그러곤 알 수 없는 모국어로 고함을 치고 벽을 발로 걷어찼다. 뒤이어 순서를 바꿔가며 컨테이너 속 사람들이 바깥을 내다봤다. 우는 사람, 벽에 머리를 찧는 사람, 조용히 기절하는 사람들이 이어졌다. 머리를 박박 깎은 내 또래 남자아이가 틈새를 내다보고 알아들을 수 있는 말로 지껄였다. 아직 출발도 안 했어. 우린 여기서 굶어 죽을 거야.

컨테이너선은 그날 밤이 되어서야 대양을 건너기 시작했다. 눈물도 아까워 흘릴 수 없었다. 저마다 웅크리고 앉아 남은 건빵의 개수를 세고 물을 아껴 마셨다. 변기로 쓰던 양동이가 꽉 차올라 귀퉁이마다 대소변이 쌓여갔다. 익호는 자신의 건빵을 썩어가는 남자의 입에 넣어주었다. 남은 항해 기간 동안 배를 곯지 않으려면 남자가 살아야 했다. 익호를 짐승 보듯 역겨워하던 탑승자들의 태도가 바뀐 건 항해 10일째였다. 내 또래 남자아이가 자신의 짐에서 반짇고리를 꺼내 중앙아시아 여자에게 가져다주었다. 여자는 바늘을 꺼내 앞니로 구부렸다. 바늘귀에 흰 무명실을 끼운 뒤 썩어가는 남자의 몸에서 나온 구더기를 매달았다. 못 먹고 못 마셔서 몸이 퉁퉁 부은 중년 남자가 간이 낚싯대를 컨테이너 틈새로 밀어 넣었다. 바람만 잘 타면 바늘이 바다에 닿아 물고기가 낚일지 몰랐다. 그러나 모두의 기대는 그날도 이튿날도 이뤄지지 않았다.

건빵은 바닥났지만 몇 날 며칠 비가 쏟아진 덕에 컨테이너 틈새에 페트병 주둥이를 물려 식수는 해결됐다. 남자아이는 구더기를 집어 먹고 좍좍 설사를 시작했다. 또다시 익호가 잭나이프를 펼쳤다. 그는 턱짓으로 사람들 머릿수를 헤아리곤 썩어가는 남자의 바지를 벗겼다. 지난번 베어낸 자리에 피고름이 가득 차올라 있었다. 검붉은 염증을 피해 익호가 다시 손끝으로 살결을 더듬었다. 생기가 느껴지는 곳, 아직 피가 돌고 있는 먹을 만한 살점을 찾는 행위였다. 그날 익호는 남자의 장딴지를 베어내 배 안에 든 사람 수만큼 작게 저몄다. 아무도 마다하는 사람이 없었다. 눈을 감고 코를 막은 채 입안에 든 살점을 엉성하게 씹어 삼켰다. 마지막까지 익호의 호의를 무시한 사람은 나 하나였다.

익호에게 나는 자신의 치부를 지켜본 사람이었다. 아사를 앞두고도 끝끝내 입술을 꼭 다물고 나는 짐승이 되지 않을 거야, 고집을 부린 사람이었다. 결코 좋아하거나 소유하고 싶은 감정이 생길 리가 없었다.

 왼손에 들고 있던 내 핸드폰이 진동했다. 기범의 핸드폰으로 익호가 보낸 메시지였다. 무음으로 바꿔.

 "문자? 누구예요?"

 농천동 입구에 다다랐을 때 양이 가짓빛 입술로 내게 물었다. 그 순간 떠오른 건 시뻘건 인혈이 번들거리던 익호의 얼굴이었다. 협조해야 이득이 생기는 사람은 양이었다. 하지만 기범의 목숨줄을 쥔 건 익호였다. 무결하지 않은 두 사람 중 하나를 선택해야 했다.

 "업데이트 알림이요."

 나는 아직 산 자, 그리고 살리고 싶은 기범의 편에 서기로 했다. 핸드폰을 무음으로 바꾸고 디스플레이 조도를 낮췄다. 이윽고 익호에게서 몇 개의 문자가 연달아 날아왔다. 그 차 트렁크에 유양의 신상 정보 원본과 현금 2억 원이 있어요. 내가 뒤쫓고 있으니 도착 지점에서 시간을 지연시켜야 합니다. 지시에 따르지 않으면 크게 후회할 겁니다. 지금부터 유양이 하는 말은 아무것도 믿지 말아요.

 "아직도 박준열한테 접근하기 싫어요? 세 명의 목숨이 걸렸어요. 내가 단화 씨를 죽이면 저쪽에선 자동으로 성기범 씨가 죽을 텐데. 게다가 아기까지."

양은 살해 협박을 태연하게 늘어놓을 만큼 뻔뻔해졌다.

"도와주면 양 씨 신분을 넘겨준다면서요?"

그녀의 노리개가 된 기분이었다.

"안 도와주니까 하는 말이잖아요! 유양이 될 단화 씨에겐 이 모든 순간이 학습이에요. 내가, 끙끙 앓기만 하다 매가리 없이 죽어버린 내가 딱 하룻밤만 본모습으로 살다 가겠다잖아요! 그게 이해 안 되나? 어?"

양이 무섭게 나를 윽박질렀다.

가로등 하나 없는 농천동은 공동묘지처럼 조용하고 겨울 안개로 스산했다. 죽은 양과 죽은 내가 나란히 폐가 골목 어귀에서 썩어가는 모습을 상상했다. 그걸 내려다보는 익호, 한쪽 안구에 익호의 조각도가 꽂힌 채 두어 걸음 걷다 고꾸라지는 기범까지.

"할게요."

무결한 인간이 되긴 글러 먹었다. 이미 나는 흉터가 살갗을 뒤덮은 넝마나 다름없었다. 들어주는 척 시간을 끌기로 했다. 나는 양이 시키는 대로 프로메테우스에게 메시지를 보냈다. 달력 구매 의사 있어요. 채 10초도 되지 않아 답장이 왔다. 미국 한정판이라 가격 네고 안 되는 거 아시죠? 준열은 7만 원이란 걸 몇 번이나 강조했다. 나는 지금 바로 거래를 원한다며 농천동에서 만나자고 답했다.

　양의 눈꺼풀에 누르스름한 진액이 맺혔다. 귓불에서도, 코끝과 입술에서도 지독한 악취를 풍기는 액체가 흘러나왔다. 부욱, 방귀 소리가 요란했다. 양이 재밌다는 듯 킬킬 웃었다. 장기가 부패하기 시작한 모양이었다.

　준열은 유림공원에서 본 첫날처럼 차창을 열고 담배를 피우며 차를 몰았다. 들썩들썩한 2000년대 케이팝을 틀어놓은 채 회색 롱 패딩에 검은색 조거를 입고 우리의 레인지로버 옆에 주차했다. 운전석엔 단화가 앉아 있었고, 나는 한때 퇴폐 이발소였던 폐가 담벼락에 몸을 붙였다. 운전석 가까이 다가선 준열이 이게 무슨 냄새냐며 손을 내젓는 게 보였다. 일단 여자 혼자 온 걸 확인했으니 경계를 풀 터였다.

　"뭘 좀 쏟았어요. 물건 볼 수 있죠?"

　단화가 운전석에서 내렸다.

　"포장도 안 뜯은 거라 하자 없어요."

　준열이 한쪽 겨드랑이 사이에 끼워 넣은 캘린더를 건넸다.

　"7만 원이 적은 돈은 아니라 좀 부담스럽긴 하네요. 괜찮으

시면 저도 담배 한 대 얻어 피울 수 있어요?"

준열을 내 쪽으로 몰아줘야 하는데 단화는 뜬금없이 담배 애기를 꺼냈다.

"네고는 없다고 말씀드렸잖아요. 새벽에 차까지 끌고 나왔더니 뭘."

"깎겠다는 건 아니고, 피우는 거 보니까 저도 피우고 싶어서."

준열이 내키지 않는 얼굴로 담뱃갑을 열어 단화에게 건넸다. 그녀가 담배 한 개비를 골라 입에 물었다. 그러자 준열이 라이터를 켰다. 환한 불 아래 드러난 단화의 표정에서 긴장이 엿보였다.

"뭐야, 겉담배 피우시네."

단화가 입에 조금 머금었던 연기를 뱉어내자 준열이 피식 웃었다.

"파계시에서 오래 살았어요?"

이번엔 쓸데없는 질문을 던졌다.

"고향이죠."

"무슨 일 하세요?"

단화가 또 어설프게 담배를 빨고 얼른 연기를 뱉었다.

"저기요, 쿨 거래 할 수 없는 거예요? 달력 하나 파는데 직업까지 밝혀야 합니까?"

언짢은지 준열이 바닥에 침을 툭툭 뱉었다. 단화는 담뱃불이 꺼질 만큼 아주 조금씩 필터를 빨며 시간을 허비했다.

"죄송해요. 거의 다 피웠어요."

"하아, 근데 냄새가 영. 대체 뭘 쏟으셨어요?"

단화가 담배를 피우는 사이, 준열의 시선이 레인지로버에 닿았다.

"아, 간장게장."

느닷없는 질문에 단화가 급조한 대답을 던졌다.

"게장 아닌데요. 이거 일하다 가끔 맡는 냄새거든요. 그쪽이야말로 무슨 일 하는 사람이세요? 달력은 쳐다보지도 않고 횡설수설하잖아요."

그가 부패한 시신을 자주 경험하는 소방관이란 걸 깜빡했다.

"웹디자이너예요. 진짜 게장 맞는데……."

단화가 담배를 바닥에 집어 던졌다. 떨리는 목소리와 겉도는 몸짓이 안쓰러웠다.

"놔봐요, 이 겨울에 차에 파리가 꼬였잖습니까."

준열은 롱 패딩을 걷어내고 바지 주머니에서 핸드폰을 꺼냈다. 시취를 확신한 모양이었다. 단화가 뒷걸음질을 쳤다. 낌새를 느낀 준열이 고개를 퍼뜩 들었다. 단화가 조금 더 가까운 뒷좌석에 들어가 차 문을 잠갔다.

"무슨 수작질인지 몰라도 잘 걸렸어, 너. 아니, 혼자는 안 왔을 테니 너희들이겠지."

잘못 걸린 건 준열이었다. 언니의 잘못은 상대의 욕정도 애정의 산물이라 믿은 어리석음 하나였다. 소파수술을 받고 회복실로 옮겨진 그녀는 평소와 달리 아주 정확한 발음으로 말했다. 애자 주제에 해보고 죽는 거네.

단화가 쓸데없이 시간을 허비하는 동안 내 육체는 진작에 발동이 걸렸다. 피부가 찐 감자 껍질처럼 부슬부슬 벗겨졌다. 감아쥔 손아귀에서 손톱이 쑥쑥 빠지는 게 느껴졌다. 혈관에 고인 피가 날카로운 결정으로 변해 살 속으로 틀어박히는 것 같았다. 견딜 만한 고통으로는 악인을 단죄하기 어려울 터였다. 입이 벌어졌다. 비명과 함께 토사물이 쏟아졌다. 웩웩대는 소리에 준열이 내 쪽으로 고개를 돌렸다. 그의 표정이 일그러졌다.

"씨…… 씨발, 저거, 저거, 저……거 뭐요?"

준열은 유언조차 더듬었다. 속을 비워낸 탓일까. 인간 시절처럼 입맛이 돌았다. 준열이 내뿜는 땀과 호르몬 냄새가 나를 흥분시켰다. 나는 굶주린 짐승이 되어 놈을 향해 눈을 밝혔다. 세상에, 내가 이렇게 민첩할 줄이야. 10여 미터 떨어진 거리를 한달음에 달려가 준열의 귀를 물어뜯었다. 오독오독 식감이 좋았다. 입안으로 뜨끈한 피가 스며들었다. 달았다. 다디달았다. 송곳니에 찢긴 뺨의 살점도 미뢰를 자극했다. 고소하다. 정직하게 고소한 맛이었다. 그럼 내장은?

가장 물어뜯기 쉬운 코와 입술, 팔딱거리는 동맥 순으로 준열을 물어뜯었다. 놈의 롱 패딩을 벗겨내고 맨투맨 티셔츠를 발기발기 찢었다. 아직 숨이 붙어 들썩거리는 가슴이 드러났다. 손을 뻗어 깨진 벽돌을 움켜쥐고 갈빗대를 빠갰다. 앞니로 피부를 뜯어내고 부러진 갈빗대를 뽑아냈다. 그러자 하얀 근막을 뒤집어쓴 심장이 보였다. 아직 뛰고 있었다. 핸드폰에 전송된 내 사진을 보고도 뛰었겠지. 욕정으로 끈적거리는 피를 사지말단과 가랑이로 펌프질했겠지. 여태 그러고 살았을 테니 얼마나 고단하겠니.

나는 준열의 심장을 뜯어내 앞니를 박았다. 하아, 질겅거리고 뜨거운 살점은 단화가 얘기한 흐주깐처럼 매콤했다. 핏줄은 새콤하고 신경은 씁쌀했다. 젊고 건강한 동물은 피와 살, 골수가 풍요로웠다. 배꼽은 어디까지 연결돼 있을까, 수술 흔적이 남은 척추 추간판을 손으로 훑었다. 많은 여자들에게 두려움과 모멸감을 안겨준 성기는 생각보다 볼품없어 입맛이 가셨다. 털이 많고 근육으로 단단한 하지는 한 입 베어 물고 손으로 한참 찢어야 뼈가 드러났다. 혀가 그걸 모두 만지고 맛보고 장난치는 동안 시간의 흐름이 느껴지지 않았다.

 통증이 가라앉았다. 비로소 식욕도 수그러들었다. 고개를 들어 소매로 얼굴의 피를 닦았다. 마치 늑대가 하울링하듯 목청을 높여 긴긴 비명을 내질렀다. 달이 기운 걸로 보아 새벽이 머지않았다. 몸을 일으켰다. 준열은 대충 발라 먹은 생선구이 접시 같았다. 하얗게 새벽 서리가 내려앉은 레인지로버로 향했다.

 단화는 이런 나를 어떤 심정으로 바라볼까. 자신이 다음 타깃이 될까 두려워 심장이 멎어버린 건 아닐까. 그녀는 밖을 내다보고 있지 않았다. 뒷열에 무릎을 꿇고 몸을 동그랗게 만 채 시트만 바라보고 있었다. 손가락으로 뒤 차창을 두드렸다. 놀란 기색 없이 단화가 허리를 펴고 고개를 돌렸다.

 "끝났어요?"

 끝이야 났다. 하지만 뭔가 마음에 걸렸다. 임신한 몸으로, 본래 흡연자도 아닌 사람이 담배를 피웠던 이유는 뭘까. 쓸데없는 스몰토크로 시간을 끈 데에는 목적이 있지 않을까. 가장 의심스러운 건 기범을 볼모로 잡은 익호와의 야합이었다.

 "거기서 뭐 했어요?"

 차창에 험한 몰골의 내 얼굴이 비쳤다. 시뻘건 가면을 쓴 사람처럼 겨우 눈만 반짝거렸다. 입술을 핥아보니 아까처럼 달지 않았다. 준열을 무너뜨리는 일에 너무 많은 에너지를 소비했다.

"이거 찾았어요."

단화는 시트 아래에서 비타500 박스 두 개를 가리켰다.

"한 박스에 1억 원씩, 두 개예요."

그녀의 표정이 해맑았다.

"어제 좋은 꿈 꿨나 봐요? 신분도 얻고 돈도 줍고."

만약 익호가 여기로 오고 있다면 대응해야 했다. 에너지가 바닥났으니 싸움보다는 회피를 전략으로 삼아야 했다. 나는 단화의 코트 주머니에서 핸드폰을 끄집어냈다. 순간 그녀의 표정이 얼어붙었다.

"내 폰 줬으니까 단화 씨 폰은 내가 가져갈게요."

"양 씨한테 폰…… 필요 없잖아요."

"그건 내가 정하지. 그거 이리 내요."

단화가 핸드폰 든 내 손목을 움켜쥐었다. 역시 숨기는 게 있었구나.

기범이 의식을 되찾았다. 스테이플러로 아귀가 막힌 그는 혀만 달싹여 살려달라고 말했다.

"이 정도로 안 죽어요."

사람은 쉽게 죽지 않는다. 컨테이너선에서 11명의 탑승자들에게 살코기를 나눠준 남자도 살아남았다. 그의 허벅지와 궁둥이 살로 연명한 탑승자들은 하나같이 벽을 보고 앉거나 자리에 드러누웠다. 차마 남자와 눈을 마주칠 수 없어서였다. 나, 그리고 남자를 먹지 않은 단화만이 그를 제대로 바라볼 수 있었다. 남자는 어설프나마 러시아어를 할 줄 알았다. 2년 반 동안 러시아에서 잡역부로 일한 덕이었다. 그의 이름은 강, 나이는 스물다섯 살이었다. 출신지는 밝히지 않았지만 극동아시아인보다 눈 색깔이 조금 밝은 걸로 보아 혼혈이었다. 강은 나를 원망하지 않았다. 자신이 나라도 같은 선택을 했을 거라고 말했다. 아니, 더 건강하고 지방이 많은 중앙아시아 여자부터 잡아먹었을 거라고.

강은 자신이 썩어갈 뿐 죽지 않는 이유를 알고 있었다. 부두에서 도둑질로 가족을 부양한 강의 아버지는 마흔 살 무렵, 철조망에 찢긴 무릎을 시작으로 몸이 썩어 들어갔다. 모두 그가 곧 죽을 거라 예상해서 궤짝을 분해해 관을 만들었고 빚을 내어 술과 과일을 마련했다. 그러나 며칠이 지나도 강의 아버지는 살아 있었다. 그는 하루 한두 번 몸을 일으켜 독주를 마시기도 하고 과일과 튀긴 생선을 먹었다. 한쪽 다리가 완전히 썩어 몸통에서 분리되는 두 달여간, 가족들은 악취와 벌레를 버터내야 했다. 강의 아버지는 그 꼴로 7년을 살다 돌연 오래된 미라 형태로 오그라들어 죽었다고 말했다. 우리 아버지가 왜 산송장이 된 줄 알아요, 강이 물었다. 특이체질이 아니냐고 답하자 강은 고개를 가로저었다.

강의 아버지는 소년 시절 자신을 절도범으로 잡아넣은 경찰을 용서하지 않았다. 자신이 감옥에서 윤간한 소년과 목격자들의 눈알을 파고 싶어 했다. 열다섯 살에 팔려 와 강을 낳고 도망친 전처를 죽이고 싶어 했다. 아버지는 죽이고 싶은 사람이 많아 버텼어요. 절대 그들보다 먼저 죽을 수 없었던 거죠. 어떻게 아냐고요? 아버지는 죽기 직전에 짧게나마 후회했어요. 부끄러운 인생을 고백하고 용서를 구하고 싶어 했죠. 난 아직도 모르겠어요. 회개해서 죽을 수 있었던 건지, 죽을 때가 돼서야 인간인 척해본 건지.

"원하는 걸 말해보세요."

나는 대답을 미루고 갓길에 차를 세웠다. 그러고는 단화에게 알림음을 무음으로 바꾸라고 메시지를 보냈다. 어쩌다 양에게 사로잡힌 건지 내막을 다 알 수는 없지만, 내가 아는 한 썩어가는 인간은 수치심과 분노로 구동했다. 주차장에서 여자를 납작하게 밟아놓은 것만 봐도 알 수 있었다. 단화는 양에 대해 다 알고 있다고 믿는 모양이지만, 실은 그렇지 않았다. 양의 실체를 깨닫고 그녀로부터 벗어나 내게 오도록 만들어야 했다. 나는 종명의 차에 현금과 양의 신상 정보가 든 파일이 있다고 알렸다. 내 지시를 따르지 않으면 끔찍한 일이 벌어질 거란 암시, 그리고 유양이 하는 말은 아무것도 믿지 말라는 경고도 남겼다.

"주차장에 죽어 있던 여자는 누굽니까? 이름."

나는 고개를 돌려 기범을 바라봤다.

"1201호 김선……, 김선이든가 희든가."

"김선희겠군요."

양의 신상 정보엔 그녀가 원한을 가질 만한 사람들의 이름과 성별, 대략적인 나이까지 있었다. 왜 양이 김선희를 살해했는지 알 것 같았다. 양의 실체를 현미경으로 바라본 눈알 중 하나였다.

"혹시 1201호 사모님 가족분이면 뭔가 오해하고 계십니다. 전 어쩌다 거기서 돌아가셨는지도 몰라요."

기범이 울먹거렸다.

"알고 있습니다."

"그럼 저한테 뭘 원하세요? 결혼 자금으로 모아둔 3천만 원이 있는데, 그거라도 받아주시겠습니까?"

"신부는 어떤 사람입니까?"

내 질문이 뜬금없다 느꼈는지 기범의 이마에 주름이 잡히고 식은땀이 흘렀다.

"그냥…… 평범한 사람이에요. 성실하고 말수 적고 적당히 냉정하지만 가족한테는 지극정성이죠. 양친이 차례로 돌아가시고 뇌성마비 언니, 그러니까 처형을 돌보고 있어요. 매일 온갖 투정을 다 받아주고, 다달이 필요한 물건을 사 보내고 면회 다니는 그런 여자예요. 양이, 우리 양이도 저와 비슷하게 가난해요. 서로 동정하지 않을 만큼 불우했고요."

기범은, 당연하게도 단화를 양이라 불렀다. 뭔가 복받쳐 오르는지 그가 눈을 질끈 감았다.

"김선희를 죽인 게 유양이라면 믿겠습니까?"

틀린 말도 아니었다. 단화는 자신을 유양이라고 믿고 있었다. 또 경찰이 사건 조사를 하다 보면 결국 종명의 차를 수배할 터였다. 그 안에 남아 있을 지문 중 조회할 수 있는 사람은 유양이니까. 그러니 단화는 유양의 지문을 쓸 수 없게 되었다. 어쩔 수 없이 내게 머리 숙이고 들어와야 하는 처지였다.

기범이 감았던 눈을 번쩍 떴다. 그의 시선이 운전석으로 향했다. 통증 때문일까, 그가 부들부들 떨었다.

"그렇게 살면 안 됩니다."

내가 예상한 것과 다른 대답이 돌아왔다. 믿는다 혹은 믿지 않는다, 둘 중 하나여야 했다.

"내가 어떻게 살고 있단 거죠?"

"양이는 그런 여자가 아니에요. 당신은 미친 스토커잖아. 차에 왜 우리 양이 사진이 있는 겁니까?"

나는 기범의 시선을 따라 고개를 내렸다. 컵 홀더 안에 단화의 증명사진이 놓여 있었다. 그녀뿐 아니라 지금껏 청부 살인을 하고 신분을 얻어 간 여러 사람의 사진 중 하나였다.

"성기범 씨는 이 여자를 모릅니다."

"뭐?"

"이 여자를 아는 사람은 아무도 없어요."

단화는 여러 겹의 베일을 뒤집어쓴 여자였다. 나 역시 남들보다 몇 겹 더 열어봤을 뿐, 그녀의 진면모는 확신할 수 없었다.

25일 만에 컨테이너선에서 내리기 직전이었다. 탑승자 중 한 명인 중년 남자가 내게 다가와 속삭였다. 우리가 한 일을 저 여자애가 다 봤어. 쟤가 살아 있는 한 내 치부는 사라지지 않아. 다른 사람들 생각도 나와 같지.

겨우 치부를 숨기려고 그들은 단화를 죽이고 싶어 했다. 사람들의 살기 어린 눈빛을 단화도 눈치챘는지 무릎에 얼굴을 묻고 밭은 숨을 몰아쉬었다. 나는 중년 남자의 부탁을 거절했다. 그가 억지로 잭나이프를 빼앗으려 들자 그를 흠씬 두들겨 팼다.

얼굴이 만신창이가 된 중년 남자는 나와 단화가 미쳤다고 소리 질렀다. 칼을 쥔 사람은 나밖에 없었다. 탑승객들은 겁먹은 표정으로 내 눈치를 살폈다. 이윽고 브로커에게 매수된 한국인 남자가 컨테이너를 열었다. 탑승객들은 국적별로 모여 거미 새끼처럼 항구를 빠져나갔다.

사람들은 그때까지만 해도 강이 죽은 줄 알고 있었다. 반 토막 난 시체처럼 보였을 테니까. 기실 생기라곤 전혀 느껴지지 않았다. 분명 시체였지만 그는 여전히 움직이고 말을 했다. 몸에 새까만 파리를 뒤집어쓴 강은 희미한 목소리로 버리지 말아달라고 부탁했다. 나는 하체가 너덜거리는 그를 어깨에 짊어지고 부둣가로 나섰다. 지난 20일간 매일 새벽 4시마다 부둣가를 맴돌던 이반의 차가 다가왔다. 이반과 나는 근 1년간 이메일로 소식을 주고받아 왔다. 그 덕에 나는 남들보다 수월히 한국살이를 시작했다. 차창을 연 이반은 내 등에 업힌 강보다 저만치 떨어져 포장재 씌운 용달차에 기어 들어가는 단화를 유심히 바라봤다. 저 여자애, 칼을 갖고 있어.

이반의 말에 고개를 돌려 단화를 봤다. 그녀는 찌든 등산 가방을 메고 있었다. 가방 옆구리로 칼끝이, 꽁치 주둥이처럼 날렵한 칼끝이 번쩍거렸다. 내가 가진 잭나이프는 장난감으로 보일 만큼 크고 잘 벼린 칼이었다. 네모난 중식도나 자그마한 과도가 아닌, 살점을 베어내는 용도의 고기칼이었다.

그때 강이 말했다. 저 여자애가 나를 찔렀어요. 그리고 탑승권을 가져갔어요. 단화는 컨테이너 안에서 줄곧 강을 지켜봤다. 죄책감에 고개를 돌리는 사람들 틈 사이에서 꼿꼿하게 고개를 세웠다. 행여 강이 단화의 정체를 밝혀버리면 죽여야 살아남을 테니까.

"난 당신이 무슨 얘길 하는지 정말 모르겠어요. 대체 왜 내 여자를 스토킹한 겁니까?"

기범이 물었다. 이쯤에서 내 정체를 드러내야 할까. 그러려면 기범이 유양이라 믿고 있는 목단화에 대해서도 털어놓아야 했다. 하지만 문제가 생겼다. 경찰차 한 대가 다가오고 있었다. 선희의 죽음이 경찰들을 긴장시켰을 터였다. 이반이라는 이름으로 망명해 오래전 귀화한 서익호라는 걸 증명하는 건 어렵지 않았다. 하지만 뒷좌석에 포박해 놓은 기범이 탄로 나선 안 되었다. 그냥 지나가길 바랐던 경찰차가 깜빡이를 켜고 속도를 줄이기 시작했다. 따돌려야 했다. 여기서 40킬로미터만 더 가면 강의 작업실이 있다. 그 역시 내게 빚이 있으니 갚을 기회를 주어야 했다. 액셀을 밟았다. 갓길에서 빠져나와 역주행을 했다. 사유지 푯말이 붙은 야트막한 산길로 차를 몰았다. 조금 둘러 가더라도 경찰을 떼어내는 게 우선이었다.

종명으로부터 양의 자료를 넘겨받았을 때 나는 당혹스러웠다. 인상과 키가 엇비슷한 건 좋았는데 유자연이라는 가족이 있었다. 뇌성마비 장애인이라 시설에 산다지만 자매이니 종종 얼굴을 보여주어야 할 터였다. 양과 나는 닮았다 뿐이지 혈육의 눈엔 전혀 다른 사람이리라. 사람을 구분하는 건 얼굴만이 아니었다. 걸음걸이, 어깨의 높이, 턱을 괴거나 설거지하는 방식, 밥을 먹는 모양새까지 베낄 순 없었다.

"아예 고아는 없어요? 그 언니라는 사람은 알아볼 거 아니에요."

비슷한 것과 같은 것은 천지 차이였다.

"굳이 얼굴 보고 살아야 하나. 안 만나면 되잖아?"

종명은 발톱을 깎아야 하는데 배가 나와 힘들다며 내게 손톱깎이를 넘겼다. 누런 발톱이 흉물스러웠지만 거절하지 못했다.

"가족인데 어떻게 안 만나고 살아요?"

"손지영이라고, 직장 동료 얘기 들어보니 충분히 안 보고도 살 여자야. 죽은 부모 납골당 한 번 안 가고, 직장 동료 경조사도 하나 안 챙기고, 언니 면회는 1년에 한 번이나 가나. 아예 경우란 게 없대. 요 핑계 조 핑계 대면서 안 보고 살아도 이상할

게 없는 애야."

두꺼운 발톱이 잘려 나와 내 얼굴로 튀었다. 종명이 야, 일자로 깎아. 나 내성이란 말야, 지청구를 놓았다.

"직장 동료가 그런 얘길 다 한다고요? 어떻게 아는 사인데요?"

양이라는 타깃이 위험을 무릅쓰고 주변 인물까지 탐문할 만큼 거물인가 싶었다.

"2년 전부터 주기적으로 섹스하는 여자. 나이도 많고 스타일도 교회 권사님 같은데 이게 또 속궁합은 기가 막힌 거라. 목욕탕에서 서로 등 밀어주는 거랑 비슷하다고 보면 되지. 익호한테 자료 받아보니 유양의 동료더라고. 유양 걔, 연봉 협상 때 여차하면 그만둘 모양이래. 오래 다닌 직장을 관둬야 연락 두절과 잠적도 그러려니 하겠지. 그날을 디데이로 잡자고."

관계를 회피하는 양의 성향이 나와 비슷했다. 나는 그날로 종명에게서 양에 대한 몇 장의 자료를 가져와 독학했다. 내가 처음 양에 대해 공부할 때 가장 당혹스러웠던 건 알레르기였다. 그녀는 참깨나 들깨를 먹으면 두드러기가 올라오고 눈이 충혈되었다. 거의 모든 한국 음식엔 깨가 들어가는데, 매번 그걸 걷어내는 일이 퍽 번거로웠다. 참기름이나 들기름도 걸러야 했다. 자연히 모든 음식의 향과 맛이 줄었다.

오랜 시간 양의 식습관과 옷차림을 흉내 내보니, 큰 노력 없이도 나는 그녀와 비슷한 사람이 되었다. 살기 위해 맛없는 음식을 먹는 사람, 무채색 옷 여러 벌을 돌려 입는 사람, 친구가 없고 가족과 소원한 사람, 겨우 한 캔이지만 알코올에 중독된 사람. 어느새 나는 무표정이 되었다. 냉장고와 가스레인지가 필요 없어졌다. 어느 날 갑자기 죽는다 해도 그리 원통할 것 없는 사람이 되었다. 그 메마른 여자를 죽여 국적을 강탈할 의욕이 옅어졌다. 기범을 만나기 전까진.

양에 대해 아주 조금 배웠을 때 기범을 만났다. 목단화라는 여자와 유양이라는 여자가 7 대 3으로 섞인 무렵이었다. 그러다 서서히 양의 지분이 높아져 말수가 줄고 음식에 흥미를 잃자, 기범은 자신을 탓했다. 내가 참 재미없는 남자지?

나는 매 순간을 양으로 살아야 했다. 아니라며 펄쩍 뛰고 다정히 팔짱을 끼고 싶었지만 양은 그런 여자가 아니었다. 그녀는 대답 대신 차 한 모금을 마시고 찻잔 아래 남은 컵 모양의 찻물을 손끝으로 일그러뜨렸을 거였다. 그러곤 이번 주말엔 영화 보는 거 어때, 여전히 연인 사이라는 걸 암시했을지도.

기범에게 내 과거의 일부를 드러낸 건 양을 살해하기 이틀 전이었다. 오빠, 좀비가 창궐했어. 탈출 수단은 고물 비행기 한 대야. 11명이 정원인데 오빠한테는 표가 없어. 마침 비행장엔

뒷주머니에 티켓을 무심히 꽂아둔 여자가 보이는 거야. 오빠한 테는 칼 한 자루가 있고. 티켓만 빼앗으면 안전지대로 피신할 수 있는 거지. 어떻게 할래? 기범이 어떤 선택을 할지 궁금했다. 만약 그가 여자를 해치고 티켓을 빼앗겠다고 대답하면 어쩌나, 불안했다.

난 자기가 이런 얘기를 하는 게 너무 좋아. 내가 어떤 사람인지 궁금하단 거잖아. 늘 떠드는 건 나였고, 너를 해석하고 싶어 안달 난 사람도 나였고. 너도 나를 들여다보고 싶다는 걸 알게 돼서 마음이 아, 뭐라 그래야 할까. 기쁨하고는 좀 다른 건데. 그래, 마음이 벅차. 이런 자기가 안전지대에서 나를 기다리고 있다면 무슨 짓이든 하겠지. 하지만 거기 네가 없다면 난 뭐 죽을 거야. 뭐 하러 아등바등하며 살아야 해? 우리 양이도 없는 세상에서.

사랑하는 사람도 없는 땅에 죽기 살기로 몸을 던진 나로선 이해하기 어려운 답이었다. 하지만 만족하기로 했다. 기범은 악인과 선인으로 구분 지을 수 없는 보통 사람이었다. 이성 대신 이상이 있었고, 양심 대신 순정이 있었다. 양을 살해할 결기가 솟았다.

준열을 물어뜯는 양은 피부가 부풀어 올라 사천왕처럼 보였다. 만약 컨테이너에서 썩어가는 남자를 만난 일이 없다면 구토를 하거나 비명 지를 만한 광경이었다. 하지만 침착을 유지해야 했다. 곧 익호가 농천동으로 달려올 거고, 무슨 수를 써서든 양을 제압할 터였다. 기범에겐 뭐라 둘러대야 할까. 납치, 아니면 정신질환을 앓는 친구를 따라나섰다 당한 봉변. 기범은 늘 그랬듯 나를 믿어줄 거였다. 익호의 마수는 그다음에 걱정할 일이었다. 기범과 함께라면 다시 한번 대륙을 건너 멀고 작은 나라로 도망칠 수 있을 것 같았다.

나는 엉덩이 아래에 깔린 서류 파일을 끄집어냈다. 3센티미터는 되어 보이는 두툼한 파일이었다. 그걸 열자 내게 전해지지 않은 양의 정보가 드러났다. 첫 장에 적힌 의뢰인의 이름. 그것도 두 사람이 함께 양의 살해를 주문했다. 유상민, 최정숙. 다음 장을 넘기자 가족관계 증명서가 나왔다. 그 둘은 양의 부모였다. 폐렴과 패혈증으로 각자 죽은 부모가 어떻게 딸의 살인을 의뢰할 수 있단 말인가. 서류를 한 장 넘기자 정갈한 글씨체의 손 편지가 드러났다.

김선희 선생님께.

요즘 자연이는 주간보호시설에 다닙니다. 어딜 가도 김 선생님 같은 분은 없다고 많이 그리워하네요. 이번 일로 저는 양이가 미워졌어요. 자식인데 어떻게 그럴 수 있냐고 남들이 뭐라

해도 마음이 그런 걸 어쩌나요. 자연이만 낳고 말았어야 했는데, 피임을 해도 아이는 생기더군요. 태어나서부터 힘든 애였어요. 쉬지 않고 울었죠. 잠도 적은 애가 목청은 어찌나 좋은지. 그때 자연이 때문에 병원은 또 오죽 다녔나요? 우는 애를 둘러업고 대기실에 있으면 사람들이 다 한마디씩 했어요. 갓난쟁이는 어디가 아파요? 얼마나 아프길래 이렇게 우나요. 자연이 휠체어를 밀고 있어도 사람들은 악머구리처럼 우는 양이가 더 위중해 보였나 봐요. 특히 제가 자연이 치다꺼리하느라 걜 안 쳐다보면 곧 죽을 아이처럼 자지러졌어요. 지나고 보니 알겠더라고요. 양이는 태어난 순간부터 자연이를 질투했다는 것을요. 서너 살 땐가, 양이가 자연이 옆에 앉아 턱을 비틀고 팔다리를 꼬며 제 언니 흉내를 내더군요. 자기도 아프니까 휠체어를 태워달래서 가슴이 철렁한 적도 있습니다. 어려서 아무것도 모르겠거니 싶어 크게 야단치지 않고 넘어간 게 후회로 남습니다.

 자식을 둘 다 잘못 키운 거 같아요. 자연이는 너무 여리고 순해 그 고초를 겪고도 고자질 한 번을 안 했고, 양이는 앙큼하고 영악해서 부모도 통제가 안 되네요. 이게 다 저희가 미련해서 벌어진 일입니다. 선생님이 일러주지 않았으면 저는 자연이가 어떤 상태인지 아직도 몰랐을 거예요. 면역력이 약해 자주 감기를 앓는구나, 살이 연해 전기장판에도 데이는구나, 휠체어가 낡아 브레이크가 풀렸구나, 저 좋을 대로 이해했을 겁니다. 양이가 자연이를 학대했다고는 꿈에도 생각지 못했겠지요.

선생님이 그러셨죠. 양이의 새까만 눈동자만 보면 몸이 얼어붙는 것 같아 그만둘 수밖에 없다고요. 사실 저도 다르지 않아요. 지금은 밉고 소름 끼치고 두렵기까지 한 자식이지만 잠시 찾아온 사춘기의 심술이라고 믿고 싶어요. 이 시기만 잘 넘기면 우리 가족에게도 기적이 찾아오지 않을까요. 선생님이 신고를 취소해 주셔서 우리에겐 기회가 생겼습니다. 더는 양이가 자연이를 해치는 일 없게 잘 가르치겠습니다. 최정숙.

입안의 침이 싹 말라붙고 팔등에 소름이 돋았다. '양이가 자연이를 학대'라는 문장을 몇 번이고 다시 읽었다. 학대의 징후를 알아차린 선희가 부모에게 귀띔했고, 양에 대한 적대심으로 활동지원사를 그만둔 거였다. 그렇다면 양은 왜 선희에게 복수심을 갖게 됐을까. 답을 찾아야 했다. 여러 페이지를 넘기다 보니 자필 진술서 사본 한 장이 끼어 있었다. 내용은 길지 않았다. 준열은 2013년 7월 8일부터 10월 24일까지 유자연과 교제했다. 주로 메시지로 일상을 나누고 주기적인 통화와 세 차례에 걸친 데이트를 했다. 그러나 대학 홈페이지와 에브리타임에 올라온 '뇌성마비 여성 강간범 11학번 경호학과 박준열을 퇴학시

키라'는 글은 사실과 다르며, 오히려 유자연의 여동생 유양의 지속적인 스토킹 피해를 입고 있다는 내용이었다.

조금 전 내 앞에서 갈기갈기 찢겨 죽은 남자는 가해자가 아닌 피해자였다. 비로소 깨달았다. 양은 원한이 아니라 수치심 때문에 살육에 이르렀다. 모든 우울증의 시작은 크고 작은 모욕감이라고 했다. 잠들기 전, 혼자 집에 돌아가는 길, 조금 오래 샤워하는 날, 우울증 환자들은 지난 모욕과 수치를 되새김한다. 그래서 불면증이 생기고, 택시를 타고, 헐레벌떡 젖은 몸을 털어내며 자책감을 느끼기 마련이다. 하지만 양은 그런 사람이 아니었다. 자책 대신 악행을 탄로 낸 김선희와 자신을 스토커로 인식한 박준열을 세상에서 삭제해야 분이 풀리는 괴물이었다. 죽어서 괴물이 된 게 아니라 처음부터 뒤틀린 괴물로 32년을 살아왔다.

다음 타깃이 누구인지 알아봐야 했다. 몇 장을 더 넘기자 장우연이라는 이름의 재직 증명서가 있었다. 그는 하이퍼디자인 개발팀장이었다. 양의 이력 중 3년은 하이퍼디자인이었다. 그렇다면 둘은 직장 동료일 터였다. 페이지를 다음 장으로 넘기려는데 양의 긴 비명이 들렸다. 파일을 숨기려 매트를 들자 비타500 상자 두 개가 보였다. 종명이 익호에게 치러야 할 미지급금이었다.

단화는 마지못해 손에서 힘을 풀었다. 핸드폰은 방금 사용했는지 따끈하게 달궈져 있었다.

"내가 보기 전에 자백해요. 그럼 목숨이라도 살려줄 테니까. 서익호랑 통화, 아니면 메시지 주고받았죠?"

단화는 입술을 씹었다. 추위에도 이마에 땀이 흥건했다. 목숨이라도 살려주겠다는 말은 거짓이었다. 당연히 그녀를 죽일 생각은 추호도 없었다. 단화는 유양이라는 인간의 생을 성화처럼 봉송해야 하는 임무를 갖고 있었다. 그래서 더더욱 익호를 끊어내야 했다. 평범한 유양이라면 영영 마주칠 일이 없는 사람이 살인 청부업자와 위조 지문 제작자였다.

"업데이트했더니 메신저 앱이 사라졌어요. 아마 위치를 숨기느라 늘 IP를 해외로 우회하고 메신저도 다른 나라에서 만든 것만 써서 그런지도……."

단화가 말끝을 흐렸다. 역시나 그녀는 익호와 밀담을 주고받은 모양이었다. 그렇다면 다음 제거 대상은 익호였다. 지문 쓸 일이 그리 많았던가. 해외여행만 포기하면 그만이었다. 어느 순간부터 지문은 비밀번호와 패턴, 공인인증서에 역할을 넘긴 뒷방 늙은이였다. 생체로 나를 인증해야 하는 시대는 한참 전에 지나갔다. 익호야 그렇다 쳐도 기범에 대해선 조금 더 고민이 필요했다. 내가 별일 없이 살아간다면 연애와 결혼을 선택할지 미지수였다. 단화가 제 목숨을 걸고 말린다면 포기하겠지만, 조금이라도 망설인다면 기범 역시 제거하는 게 이로울 것 같았다. 나로 살려면 나다운 선택을 하는 게 옳으니까. 익호와 단화가 대화를 주고받았으니 머지않아 그들이 찾아올 터였다. 성화를 제대로 봉송하려면 누군가는 교통정리를 해주어야 했다. 단화에게 핸드폰을 돌려주기로 마음먹은 순간 진동이 느껴졌다. 저장되지 않은 번호로 걸려온 전화였다.

"아는 번호예요?"

내 물음에 단화가 고개를 가로저었다. 자정이 넘은 시각, 저장되지 않은 번호로 오는 전화는 무시할 수 없었다. 핸드폰 패턴을 그리려는데 액정으로 황토색 물이 흥건하게 쏟아졌다. 소매로 물기를 닦아내도 다시 손가락을 타고 물이 흘렀다. 고개를 들어 레인지로버 차창에 비친 나를 봤다. 심해어 한 마리가 둥둥 떠 있었다. 퇴화해 빛을 잃은 검은 눈동자, 그 사이로 길게 늘어진 코가 흉물스러웠다. 벌린 입술 사이로 잇몸이 떨어져 나가 뿌리 드러난 앞니가 보였다. 짙은 회색을 띤 피부는 패딩처럼 부풀어 바늘로 찌르면 깃털을 뿜으며 터질 것 같았다. 무엇보다 끔찍한 건 콧구멍과 입가에서 줄줄 흐르는 황토색 체액이었다. 나는, 내 마음은 이토록 정정한데 나를 감싼 집이 허물어지는 중이었다. 이대로 폐허가 될 수는 없었다. 그 전에 만나야 할 사람이 있었다. 익호와 기범을 제거하느라 여기서 그들을 기다리긴 시간이 빠듯했다.

"제가 받을까요?"

단화가 내게 손을 내밀었다.

"나중에 다시 걸죠."

익호의 대포폰일지도 몰랐다. 또다시 기범을 인질 삼아 단화를 자극하려는 속셈일 터였다. 그들을 따돌릴 방법이 있었다. 나는 자동차 보닛을 열고 길바닥 곳곳에 나뒹구는 종이 상자와 폐목재를 주워 왔다. 그러고는 레인지로버 글러브 박스에서 초록색 가스라이터를 꺼냈다.

"양 씨, 뭐 하려고요?"

내가 박스에 불을 붙이자 단화가 조바심 난 얼굴로 물었다.

"증거를 지워야죠. 여기 우리 DNA가 잔뜩일 텐데, 그냥 둬요?"

익호가 언제 도착할진 모르지만, 아마도 레인지로버가 폭발한 전후일 터였다. 폭발음을 들은 누군가는 신고를 할 테고, 소방관이나 경찰이 출동할 거였다. 그러곤 준열의 몇 점 안 남은 시체도 발견하겠지. 익호가 그들에게 뭐라 변명할지 궁금했다.

"쏘렌토에 타요."

나는 제법 불씨가 커진 보닛을 바라보며 단화에게 말했다.

"돈…… 내가 가져도 돼요?"

비타500 박스에 든 2억 원을 얘기하는 거였다. 웹디자이너로 남편 없이 아이를 키우려면 돈이 필요했다. 아니, 절실하다는 걸 손 팀장을 통해 익히 알고 있었다.

"참 비싸졌네요. 월 200짜리였던 내가 하루 만에 2억이라니. 내 건데 당연히 단화 씨가 가져야죠."

죽은 것은 비싸다. 악어가죽 핸드백, 사산된 송아지를 무두질한 부츠, 보르네오 숲에서 벌목한 몽구르 나무 테이블 그리고 죽은 유양.

나는 준열의 잔해 밑에 깔린 패딩 점퍼를 더듬었다. 오른쪽 주머니에 스마트키가 만져졌다. 아직 따뜻한 살점을 밀어내고 키를 꺼내 쏘렌토에 시동을 걸었다. 단화가 레인지로버 뒷좌석을 열고 비타500 상자를 꺼냈다. 준열의 패딩 점퍼를 불구덩이에 던져 넣고 쏘렌토 운전석에 앉았다. 무리하게 계획을 바꿔서라도 오늘 밤 반드시 만나야 할 사람이 있었다. 한때지만 내 마음에 불을 지핀 사내, 장우연이었다. 그에게 나는 지금 얼마쯤일까.

우연도 쏘렌토를 몰았다. 36개월 할부로 샀는데, 3년째에 사고로 폐차한 흰색 쏘렌토였다. 같은 직장인 그는 매일 우리 집

앞에 도착해 '나와요'라는 메시지를 보내고 기다렸다. 물론 나는 메시지가 도착하기 전에 현관문을 나섰다. 멀리서 그의 자동차 엔진음이 들리면 옷매무새를 가다듬고 색이 옅은 립밤을 발랐다. 아파트를 나서 쏘렌토에 닿기까지 15초 동안 바라보는 우연의 옆모습이 좋았다. 그는 시력이 매우 나빠 여러 번 압축한 뿔테 안경을 썼다. 렌즈에 굴절돼 모든 사물이 왜곡되는 그 짧은 순간이 기다려졌다. 단정하게 가르마를 타 흐트러짐 없이 넘긴 머리와 미묘하게 매일 프린트가 다른 셔츠, 유독 불거진 목울대, 핸들을 토닥이는 검지가 처음부터 전략적으로 한 세트로 묶은 피겨 같았다.

집이 가깝단 걸 알게 됐을 때 흔쾌히 카풀을 제안한 건 우연이었다. 그가 아니었다면 파계시립대 근처의 직장까진 꼬박 16정거장이나 버스를 타야 했다. 날씨 춥죠? 오늘은 많이 덥네요. 해가 길어졌어요. 해가 짧아졌어요. 오후엔 눈이 좀 녹아야 할 텐데요. 우연은 늘 날씨로 인사를 대신했다. 출근길에 우리는 언제나 나부해변을 지나쳤다. 저기 가봤어요? 1년쯤 우연의 차를 얻어 탔을 때 그가 물었다. 어디요, 나부? 내가 되묻자 그는 핸드폰 갤러리에서 사진 한 장을 꺼내 보여주었다. 무릎바위에 올라 오목한 모래밭에 고인 바닷물을 찍은 사진이었다. 오금처럼 생겼는데 왜 무릎바위라고 부르는지 모르겠어요. 확대해

봐요. 나는 우연이 시키는 대로 사진을 늘려 크게 들여다보았다. 맑은 바닷물 아래에 네이비색 손목시계가 가라앉아 있었다. 우연은 자신의 왼쪽 손목을 번쩍 들어 흔들었다. 사진에 든 것과 같은 시계였다. 시간이 나면 무릎바위를 들여다보는 습관이 있어요. 거긴 가끔 이렇게 이상한 게 밀려와요. 파텍 필립 시계래요. 알아봤는데 '진퉁'은 아니고 아주 정교한 가품. 그래도 내 한 달 치 월급만큼 비싸요. 오늘 퇴근하고 가볼래요?

우연과 나는 매주 금요일마다 퇴근 후 나부해변 무릎바위로 갔다. 운전석과 보조석 사이의 거리만큼 어깨를 띄워 쪼그려 앉아 썰물과 밀물을 말없이 들여다보고 이따금 쓸모없는 물건을 주워 오곤 했다. 함께 저녁을 먹는 날조차 우린 마주 보지 않고 창가에 나란히 앉았다. 가락국수를 후룩후룩 빨아들이며 이 브로치에 달린 다이아는 진짜일까요, 묻고 유양 씨가 걸면 뭐든 진품 같아요, 대답을 기다렸다.

아무래도 나는 우연을 사랑한 것 같다. 가짜지만 진짜처럼 빛나고 싶어 매니큐어를 발랐다. 머리에 정교한 컬을 넣고 내 월급으론 비싸다 싶은 귀고리를 걸었다. 하지만 거기까지였다. 그와 손을 잡거나 입을 맞추는 상상조차 하지 않았다. 오히려 슬쩍 흐트러진 머리를 가다듬어 주거나 내 가방을 대신 들어주며 살결을 스치는 사람은 우연이었다. 그때마다 나는 내가 무표정을 풀지 않았다는 것에 자부심을 느꼈다. 그에겐 동갑내기인 초등학교 교사 아내가 있었다. 메신저 프로필엔 신혼 시절 설정해놓고 바꾸지 않은 웨딩 사진과 결혼반지가 빛났다. 나로 인해 누군가의 삶에 균열이 생기길 원하지 않았다. 그럼에도 나는 매주 우연과 나부해변을 걸었다. 굳이 거절할 이유를 몰랐다. 고작해야 해변은, 해변일 뿐이었다. 으슥한 모텔이나 노래방도 아니었다. 그게 흠이 된다면 동료끼리 볼링 치고, 등산하고, 퇴근 후 맥주 한잔까지 부도덕한 행위일 터였다. 우린 단지 함께 걸을 뿐이었다.

우리의 취미 생활은 우연의 실수로 말미암아 끝이 났다. 한여름, 무릎바위에서 아무것도 줍지 못한 채 나부해변 주차장으로 나왔을 때 그의 쏘렌토가 펜스를 끊고 옹벽 아래로 곤두박질쳐 있었다. 피서 인파가 북적인 탓에 이중 주차를 해놓고 파킹 기어로 바꾸지 않은 게 화근이었다. 이리저리 사람들 손에 밀려 맨 가장자리로 옮겨진 쏘렌토를 후진하던 스타렉스가 들이받은 모양이었다. 낡고 헐거운 펜스는 중량을 견디지 못하고 옹벽으로 향하는 길을 터주었다.

우연은 보험사에 전화를 걸어 상황을 설명했다. 네, 나부해변이요. 시설 관리인도 오고 계세요. 얼마나 걸리나요? 네네, 블박 있어요. 담담하게 말하는 우연의 조금 구부정한 뒤태가 안쓰러웠다. 설탕 바른 도넛처럼 바닷물과 모래가 범벅 된 사람들이 그의 쏘렌토를 기웃거리며 수군거렸다. 우연의 귓불이 빨갛게 달아올랐다. 그의 귓바퀴에 걸린 티타늄 안경다리가 유독 빛났다. 땀이 맺혔다 식으며 소금기가 올라온 목덜미는 남자치고 가늘고 길어 슬퍼 보였다. 나는 우연의 등 뒤로 가 그를 포옹했다. 내가 막연히 알고 있는 위로의 방법은 그것뿐이었다. 모텔도 노래방도 아니니 괜찮다고 생각했다. 그때 우연이 말했다. 양 씨 뒤에 내 처제가 있어요.

이튿날 우연은 '나와요'라는 메시지를 보내지 않았다. 현관문에 등을 기대고 그를 기다리다 결국 택시를 탔다. 사무실에 도착했을 때, 문가에 앉은 총무팀 대리가 "가요, 들어오지 말고 가"라고 큰 몸짓에 어울리지 않게 속삭였다. 아니, 그 친구한테도 해명할 기회를 줘야지. 다짜고짜 찾아오면 어떡해. 사장의 목소리가 짜랑거렸다.

삼촌, 대체 왜 삼촌까지 그 여자를 싸고도는데? 상간녀가 무슨 해명을 하냐고. 구글 타임라인에 금요일마다 나부해변이 2시간씩 찍혀 있다니까. 장 서방도 그건 인정했어. 둘이 카레 가게, 국수 가게, 순댓국집 신나게 다니며 먹은 카드 내역도 확보했고. 자그마치 2년을 나 몰래 그 지랄 했는데 잠자리가 없었을까? 사고 난 자리에서 둘이 끌어안고 있는 걸 지혜가 봤다잖아! 이번엔 새된 여자의 목소리였다.

　그냥 가요, 이러다 칼 맞아. 총무팀 대리가 자리에서 일어서 나를 문으로 밀어냈다. 나는 여자의 얼굴도 보지 못한 채 쫓겨나듯 사무실을 떠났다. 우연에게 끌린 건 명백했다. 하지만 그를 포옹한 건 세상 모든 일에 서툰 나의 비루한 위로 방식일 뿐이었다. 나는 우연에게 무지했다. 그는 자신이 사장의 조카사위라는 말을 한 적조차 없었다. 내가 그에 대해 아는 거라곤 대학에서 판화를 전공했고 스무 살에 기흉을 앓았으며, 나보다 두 살이 많지만 생일이 같다는 정도가 다였다. 그걸 믿어줄 사람이 없었다.

　파계시는 좁았다. 사장과 우연, 그리고 우연의 아내는 파계시에서 나고 자란 사람들이었다. 내게 죄가 있다면 타지에서 흘러들었다는 것, 하나였다. 억측과 악소문 탓에 재취업은 요원했다. 하이퍼디자인처럼 웹사이트와 솔루션 개발, 디자인, 출력까지 가능한 규모의 회사에선 나를 받아주지 않았다. 여섯 달을 구직하다 고향으로 돌아갈 마음을 먹었을 때 알파고 배너마켓에서 면접 전화가 걸려왔다. 유양 씨, 하이퍼 경력은 없다 치고 나랑 일합시다. 영업에도 한쪽 다리 걸치면 급여는 얼추 거기랑 비슷할 거야. 여봐란듯이 잘돼서 장우연이보다 잘나가면 되지. 안 그래? 홍 사장이 나를 파계시에 주저앉혔다.

우연은 하이퍼디자인의 사장이 되었다. 아내의 삼촌인 신 사장이 폐암에 걸린 뒤부터였다. 우연과 나는 우연히 두 번 마주쳤다. 홈플러스 여성용품 코너에서 한 번, 국민은행 ATM기에서 한 번이었다. 그때마다 우연은 목마른 표정으로 내 이름을 불렀다. 양아, 잘 지냈어? 우연과 함께한 3년 동안 그는 내내 양씨, 혹은 유 대리라 부르며 말을 높였다. 그런데 이제 와 천연덕스럽게 양이라니. 마치 진짜 연애라도 하다 들통나 깨진 불륜처럼 나를 호칭하는 그를 견딜 수 없었다. 그가 아내에게 용서받고 남편의 자리를 유지할 수 있었던 건, 어쩌면 우리가 아무 사이 아니었다는 걸 증명해서가 아닐지도 모른다. 부부 사이의 느슨했던 텐션을 끌어올릴 적당한 장치로 사용한 건 아닐까. 하도 칭얼거려서 고민 상담 몇 번 해주다 보니 가까워졌어. 걔가 일방적으로 날 좋아한 거야. 처제도 봤잖아. 내가 걜 껴안은 게 아니라니까. 모든 면에서 당신보다 후졌어. 이렇게 보드랍지도 않고 지적이지도 않아. 하아, 이번 일로 깨달았어. 난 누구에게도 흔들리지 않아. 자기와 난 그 어느 때보다 견고해진 거야.

내가 흐흐흑, 웃으며 쏘렌토 운전석에 앉았다. 핸드폰이 쉬지 않고 울렸다. 아까 그 낯선 번호였다. 보조석의 단화가 손을 뻗어 핸드폰을 가져갔다. 눈초리가 파르르 떨리는 게 보였다.

"내 번호를 아는 사람은 모두 저장돼 있어요. 아무래도 불길

해요."

"그럼 스피커로 받아요."

단화는 길게 호흡을 뱉어내고 통화 버튼을 눌렀다. 차 시동을 걸어 후진하며 말했다.

"목단화 씨?"

단화가 여보세요, 입을 열기도 전에 상대가 그녀의 이름을 불렀다. 익호나 기범의 목소리는 아니었다. 푹 잠기고 갈라진 30대 중반의 남자였다.

"누구세요?"

단화도 상대가 누구인지 모르는 눈치였다. 삐이익, 주전자 끓는 소리가 소음으로 섞였다.

"강입니다. 컨테이너선 동지."

일순 단화의 눈에 눈물이 가득 고였다. 강이라는 사내는 혹시 그녀가 말한 구더기 끓는 사람이었을까.

"살아…… 있었어요?"

커다란 눈물방울이 단화의 뺨을 타고 턱으로 흘렀다.

"네, 그렇게 됐어요."

주전자 끓는 소리가 잦고, 강이 한숨을 내쉬었다.

"내 번호는 어떻게 알았어요?"

단화가 물었다.

"방금 서익호가 다녀갔어요."

"그래서 뭘로 날 협박하게요?"

통 울 것 같지 않은 여자가 소리 없이 울었다. 담수진주처럼 제각기 모양이 다른 커다란 눈물이 쉬지 않고 흘렀다.

"협박 아닙니다. 희망을 꺾으려고 연락한 겁니다. 불필요한 일이니까요."

차를 마시는지 강이 홀짝거리는 소리를 냈다.

"무슨 말이에요?"

"종명이 자동차 위치추적기가 꺼졌어요. 전원이 없으니 물리적으로 해체하거나 못쓰게 된 거겠죠. 내가 만든 거라 잘 압니다. 어쨌거나 위치를 몰라도 상관없어요. 익호는 다음 행선지를 알거든요. 거기, 성기범이 가 있을 겁니다."

"나도 내가 어딜 가는지 모르는데 기범 씨가 어떻게, 왜 기다려요?"

코 먹은 소리로 단화가 대답했다.

"레베리 타운하우스 3동이겠죠. 성기범 씨는 거기서 당신을 죽일 거예요. 본인이 간절히 원한 겁니다. 사랑하는 남자에게 죽기 싫다면 간단해요. 거기 가지 말고 이대로 떠나세요. 그걸 말하려고 전화했어요. 익호 전화번호라면 안 받을 테니까요."

단화는 내가 하이퍼디자인에서 쫓겨나던 날과 같은 표정을 지었다. 번개가 온몸을 관통한 듯 등허리를 꼿꼿이 세우고 손을 떨었다. 충혈된 눈, 앙다문 입술, 떨리는 턱으로 당혹과 수치를 견디는 중이었다. 정말 나를 참 많이 공부했구나, 새삼 놀라웠다. "뭐가 그렇게 겁나요. 내가 있잖아. 괴물, 좀비, 미친년 유양이 다 해결할 텐데 긴장 풀어요"라고 말해주고 싶었다. 그런데 그 시절의 나는 누구의 위로도 받지 못했다. 내가 겪은 처절한 슬픔을 그녀도 체험해야 했다.

백지부터 시작합시다. 성기범 씨가 모르는 여자 얘길 할 테니, 머릿속으로 이미지를 그려보세요. 여자의 이름은 목단화입니다. 스무 살에 컨테이너선을 타고 밀입국한 불법체류자죠. 신분증명이 필요 없는 일을 찾으며 공원 화장실에서 노숙을 했어요. 처음엔 폐지를 주워 팔았고, 나중엔 청소년인 척 부모 동의란에 가짜 서명을 해 편의점에서 일했어요. 그때까지도 방이 없어 공원 화장실에서 잤습니다. 변기 뚜껑에 이마를 기대고 모국어로 잠꼬대를 하며 말이죠. 그러던 어느 아침, 화장실 문틈에 봉투 하나가 꽂혀 있었어요. 내 기억이 맞다면 5만 원권 20장이었을 겁니다. 단화는 그 돈을 일주일이나 복대에 넣고 다녔어요. 당장 여관이든 달방이든 몸부터 뉠 자리를 찾아야 하는데, 그 여잔 여전히 공중화장실에서 잤습니다. 그러다 8일째 되는 날 봉투를 들고 경찰서를 찾아갔어요. 습득자의 신분을 말해달라는 경찰에게, 단화는 자신이 담배를 팔 때 봐두었던 어느 스물한 살짜리 여자 주민번호를 댔습니다. 7일이나 돈을 들고 다닌 건 양심의 가책 때문이 아니었단 겁니다. 돈을 돌려주기 위해 경찰 앞에 읊어야 할 13자리 번호를 기다린 거였어요. 불체자 주제에 겁대가리 없이, 제 고향 억양이 잔뜩 묻은 목소리로 말이죠.

어쩜 그렇게 본 것처럼 말하냐고요? 맞아요. 난 실제 보고 들었어요. 단화는 밀입국 이튿날 중고거래 장터에서 핸드폰을 무료 나눔 받았어요. 그걸로 단화의 일상을 엿듣거나 바라볼 수 있었습니다. 기범 씨가 새 핸드폰을 사줄 때까진 그랬죠. 함께 밀입국한 사람들은 돈이 되는 일이라면 뭐든 가리지 않았어요. 아직 젊고 예쁘니 단화도 마음만 먹으면 금방 일어섰을 거예요. 하지만 늘 다른 선택을 했습니다. 원단 시장에서 등짐을 지어 날랐고, 조적 기술을 배워 벽돌을 쌓았어요. 그렇게 모은 돈으로 6개월 만에야 달방을 구했죠.

단화는 천진한 면이 있었어요. 단 음식을 아주 좋아했죠. 튀김집에서 일할 땐 매일 설탕 뿌린 도넛을 가져와 먹으며 아무도 안

주고 나 혼자 다 먹을 거야, 속삭였답니다. 그래 봤자 도넛이고 대단한 맛도 아닐 텐데, 한 번도 빠트리지 않고 감사하며 기뻐했죠. 출퇴근길에 만나는 고양이 사진을 찍고 꼭 한마디씩 말을 걸었어요. 아가, 오늘은 사냥에 꼭 성공해. 겉옷은 특색 없는 스웨터나 티셔츠지만 속옷만큼은 언제나 캐릭터가 있는 걸 샀어요. 다 떨어져 가는 나무문에 산리오 캐릭터 스티커를 붙이고는 했죠. 단화는 자기감정을 고양이 발톱처럼 잘 숨겼어요. 한국에서 태어났다면 어린이집 교사에 잘 어울릴 만한 사람이었죠.

이면에는 아주 잔인한 구석도 있었어요. 단화는 한동안 닭 도축 공장에서 일했어요. 닭은 전압이 흐르는 수조에 담겼다 실신한 채 다음 공정으로 넘어가죠. 단화가 맡은 일은 경동맥 절단이었어요. 목을 잘라 거꾸로 매달아 저절로 피가 빠지게 하는 일이었죠. 그런데 가끔 전압이 일정치 않아 살아난 닭들도 있었답니다. 그럼 소쿠리에 담아 다시 수조로 넘겨야 하는데, 단화는 살아 퍼덕이는 닭을 아무렇지 않게 도살했어요. "미안하지만 이게 끝나야 내가 퇴근을 하지"라고 조용히 읊조렸죠. 사실 도축 마릿수로 성과가 인정되는 건 아니었어요. 시간만 때우면 퇴근할 수 있었거든요. 스스로 자신에게 부여한 목표량이었을 뿐인 거였죠. 단화는 하루 천 마리를 살해하고서야 탈의실에서 옷을 갈아입고 팥이 든 도넛을 사러 나갔어요.

"그래서, 목단화와 우리 양이가 동일인이란 얘깁니까?"

기범은 자신의 손톱으로 입술에 박아놓은 스테이플러 심을 뽑아냈다. 그의 고르지 않은 치열이 피로 젖어들었다. 차는 강의 작업실에 거지반 다다랐다.

"진짜 유양은 단화가 닭 목 잘라내듯 성실히 도륙했습니다. 시신 사진도 갖고 있어요. 칼을 잘 쓰는 사람이라 매끄럽더군요. 불법체류자에 살인자가 목단화의 정체예요. 그래도 그 여잘 사랑합니까?"

산 고개를 넘어서자 멀리 휘영청 밝은 강의 작업실이 보였다. 기범은 크게 입을 벌리고 울었다. 거미줄처럼 가느다란 침이 윗입술과 아랫입술을 잇고 볼썽사납게 콧물을 흘렸다. 기범과 사는 단화를 떠올려 봤다. 곯아떨어진 그의 곁에 얌전히 두 팔을 붙이고 누운 단화는 침대에서조차 바다 한가운데 컨테이너선처럼 불안한 표정을 지었다. 아직은 살아 있지만 내일까지는 기약할 수 없는 나날을 보낼 터였다. 태생과 과거를 말할 수 없는 사람은 외로울 수밖에 없으니까. 그래서 우린 함께 가야 했다. 각자의 비밀이 흉기가 되지 않는 사람들끼리.

"대답하세요. 사랑합니까?"

다시 묻게 만드는 건 사랑이 아니었다.

"선생님, 전 이런 일과 엮일 사람이 아니에요. 과속 위반 딱지

한 장 끊은 적이 없어요. 양, 아니 단화를 앱으로 만난 것도……. 쪽팔리지만 사실대로 말하자면 돈 안 들이고 욕구나 좀 해소해볼까 싶어서였어요. 한번 안 주면 커피 쿠폰 하나 날렸다 칠 셈이었다고요. 그런데 어쩌다 정이 붙어서 결혼까지 생각한 거지, 저도 늘 싸했어요. 현금만 쓰고, 가족도 안 보여주고, 뭐든 다 낡고 후진 것만 갖고 있어서 꺼림칙했다고요."

기범은 그다지 솔직하지 않았다. 그는 청소년 시절 절도로 두 번이나 법원 소년부에 송치된 전력이 있었다. 성인이 되어 도벽이 사라진 건 아니었다. 다만 조금 더 조심스럽고 치밀해졌을 뿐이었다. 그의 자취방에서 나는 크기와 모양이 다른 수저, 포크, 나이프를 발견했다. VIPS, 아웃백, 아시아나항공, 커피빈, 홍콩반점. 도덕적이지 않다는 점만 제외하면, 기범이 지금 하는 말은 대부분 사실일 터였다. 안전하지 않다는 걸 직감한 인간은 결국 비굴해지기 마련이었다. 모국을 등진 불법체류자들이 구부정한 어깨로 병가를 구걸하는 모습을 참 많이도 봤다.

"선생님은 단화를 사랑하시죠? 저 다시는 걔 안 만날 테니, 믿어주세요. 제발 살려주세요, 네?"

기범이 묶인 손으로 비는 시늉을 했다. 그는 아마 자신이 살아 돌아갈 확률을 계산하고 있을 터였다. 범인의 얼굴을 본 이상 어렵다는 걸 알 텐데도 구차할 지경으로 애걸했다.

"시키는 대로 한다면, 생각해 보죠."

어느덧 차는 강의 작업실 앞마당에 도착했다. 강은 고장 난 물건을 수리해 내게 팔기도 했고 작게나마 농사를 지으며 여기 정착했다. 이런 오지에 숨어 살면서도 좀도둑을 걱정해 강의 작업실은 늘 부검실처럼 차갑고 환했다.

"이상하게 잠이 안 오더라니, 익호가 왔네."

강이 휠체어를 타고 나와 나를 맞았다. 긴 머리를 틀어 정수리에 공처럼 올린 번 헤어는 여전했다. 그의 하체는 여러 해에 걸쳐 아물었다. 그러나 산 사람 특유의 활기가 느껴지지 않았다. 국적을 취득한 뒤 장애인 시설에 입소했다 퇴소한 다음부터 그랬다. 거기 가니까 다들 한 번씩은 물어보더라. 젊은 나이에 어쩌다 다리를 잃어버렸는지. 억양이 특이한데 어디 사투리인지. 그걸 내 입으로 어떻게 얘기해. 지어내게 됐지. 늘어놓은 말들이 너무 제각각이라 누덕누덕해졌어. 이젠 거짓말 쌓기 싫다.

작업대와 세면대, 싱크대는 강의 휠체어 높이에 맞춰 제작되었다. 무거운 물건을 작업대에 올릴 땐 소형 유압식 리프트를 썼다. 휠체어 없이는 포복하듯 바닥을 기어야 했지만 강은 자신의 인생에 만족했다. 아니, 만족하지 못하면 불행해지리라는 걸 잘 아는 것 같았다.

"같이 온 사람은 누구야?"

강은 뒷좌석에 비스듬히 기대 있는 기범을 들여다봤다.

"차 한 대만 마련해 줘. 선팅 진한 걸로."

나는 강의 물음에 대꾸 않고 뒷좌석 문을 열었다. 눈곱이 잔뜩 낀 기범이 겁에 질려 몸부림을 쳤다. 나는 무지로 그의 쇄골을 눌러 제압한 뒤 어깨에 걸머졌다.

"넌 꼭 삭막하게 용건만 말하더라."

나는 기범을 들고 강의 작업실로 들어갔다. 샌드위치 패널로 지은 창고와 달리 작업실은 두툼한 소나무를 마감재로 써 알싸하고 향긋한 송진내가 났다. 3미터 길이의 철제 작업대 위에 자동차 리모컨 한 무더기가 쌓여 있었다. 뒤따라온 강이 리모컨을 바닥으로 쳐내며 자리를 만들었다. 기범을 내려놓고 작업 선반에서 보드카병을 가져왔다. 세 모금을 마시고 기범의 입을 벌려 보드카를 주르륵 흘려보냈다. 종이컵 두 잔가량을 먹이고 나서야 그의 얼굴에 취기가 돌았다.

"뭐든 하겠습니다. 선생님이 시키시는 일이면 뭐든 다 할게요."

내가 시키려는 일이 고작 프랜차이즈 식당 포크 훔치기가 아닐 텐데, 기범은 장담했다.

"목단화를 죽여요. 뒤처리는 내가 알아서 할 테니, 당신은 실행만 하면 됩니다. 여기 종류별로 칼, 도끼, 화학약품까지 다 있으니 편한 걸로 골라요. 아, 술이 더 필요할까?"

나는 기범의 턱을 단단히 잡고 그의 목구멍으로 술 병목을 깊이 밀어 넣었다. 그는 구역질과 기침을 하면서도 거의 한 병의 보드카를 받아 넘겼다.

"아무래도 그건 좀 힘들죠. 선생님, 제 말을 너무 괘씸하게 듣지 마시고……."

나는 강의 작업대 아래, 가오리 가죽으로 견고하게 붙여놓은 대구경 리볼버를 잡아당겼다.

"권총도 있다는 걸 얘기 안 했군요."

벌겋게 달아올랐던 기범의 얼굴이 일순 하얗게 질렸다. 그가 대답 없이 고개만 크게 끄덕거리다 픽 고꾸라졌다. 나는 뒷걸음질을 쳐 출입구 옆에 놓인 안락의자에 앉았다. 총구는 여전히 기범의 가슴팍을 향해 있었다.

"저 사람이 단화를 죽여? 어림도 없는 소리 말아. 그 쇠가죽처럼 질긴 애를 무슨 수로."

곁에 다가선 강이 목소리를 낮췄다.

"못 죽이니까 죽이라고 한 거야."

"못 죽이면 지가 죽을 텐데?"

"나한테도 죽일 명분이 있어야 하잖아."

"참, 그렇지. 명분 없는 살인을 하면 명분 없이 죽게 된다고 말했지. 이반 씨가."

이반의 유산은 돈이나 기술만이 아니었다. 이방인이 이 땅에서 오래도록 살아남으려면 지켜야 할 원칙과 수단이 더 중요했다. 그중에서도 강조한 건 충동적이거나 편의적으로 살인을 저지르지 않는 거였다.

"지금 종명이 차 움직이나?"

나는 미동도 않는 기범을 응시하며 강에게 물었다.

"너 도착하기 전까진 계속 농천동에 멈춰 있었어. 어디 보자……."

강이 휠체어와 등허리 사이에 끼워놓은 태블릿을 꺼내 들여다봤다.

"어, 꺼졌는데? 신호가 안 잡혀. 알아차리고 부순 거든 사고로 떨어져 나간 거든, 뭔 일이 나긴 났어."

강이 내 쪽으로 태블릿을 돌렸다. 그가 맞다면 맞는 일이었다. 의심할 여지가 없으니 굳이 시선을 돌릴 필요도 없었다.

"익호야, 다음은 누구야?"

다음 목적지가 어디인지 알고 있으니 위치 추적은 불필요했다. 유양의 신상 정보 파일에서 가장 두드러진 인물은 장우연이었다. 5장의 자필 진술서와 비밀유지 각서로 나는 둘의 관계를 알게 되었다.

"하이퍼디자인 팀장 장우연."

"그래, 맞아. 그런 이름이었지. 좋은 사람 같던데 안됐네."

강은 자신의 태블릿에서 PDF로 저장해 놓은 우연의 진술서를 찾아 소리 내어 읽었다. '카풀을 하다 보니 연민이 생겼어요'라고 시작하는 문장이었다.

강의 말마따나 우연은 좋은 사람이었다. 10분 정도 우회를 감수하고, 방향이 비슷한 양을 출퇴근시켜 줬다. 결혼해 일본으로 이주한 여동생과 닮았다는 이유였다. 한 1년간은 날씨 얘기로 인사를 하며 서먹하게 지냈다. 그러다 문득 양이 남성용 고급 손목시계를 건네곤 나부해변에 가보자는 말을 했다. 거절하기엔 너무나 간곡한 표정이었다. 마지못해 나부해변으로 간 우연은 무릎바위에 올라 쪼그리고 앉은 양이 위태로워 보였다. 마치 빙과류 껍질처럼 가볍고 하찮아 미풍에도 바다로 흩날려 버릴 것만 같았다. 천성이 모질지 못한 우연은 그런 양을 외면하지 않았다. 그녀의 옆에 같은 자세로 쪼그려 앉아 양 씨는 가족 없어요? 조심스레 물었다. 양은 "있었는데 없어졌어요"라고 답했다. 우연은 영문을 몰랐지만 어떻게든 위로해 주려고 그녀의 등을 도닥거렸다. 그러자 양이 그의 품을 파고들어 울음을 게워 냈다. 내가 정말 끔찍해요? 팀장님도 그래요? 양의 축축한 물음에 우연은 아니라고, 절대 그렇지 않다고, 고민이 있으면 뭐든 털어놓아도 좋다고, 돌이켜 보면 한심한 실수를 저질렀다.

양은 우연에게 집착했다. 그녀를 끔찍하게 생각하지 않는 유일한 사람이 우연이라고 단단히 믿어버린 것 같았다. 물론 우연에게도 책임은 있었다. 상대가 젊고 아직 예쁜 데다 자신에게 호감을 가졌다는 걸 알기에 끊어내지 않았다. 둘은 매주 금요일 나부해변을 찾고, 시내에서 저녁 식사를 했다. 그런 2년간 우연은 양의 '있었는데 없어진 가족' 이야기를 들었다. 진술서에 따르면 놀랍게도 양은 진실만을 말했다. 온통 언니에게 향한 관심과 사랑에 천덕꾸러기가 되었다는 얘기, 언니를 욕조에 담가놓고 활동지원사에게 수면제를 먹인 얘기, 전기장판으로 화상을 만들고 휠체어를 벽으로 밀어버린 얘기. 양은 "이런데도 내가 끔찍하지 않아요?"라고 물으며 로제 스파게티를 후루룩 빨아들였다.

우연은 양이 끔찍했지만 도망칠 수 없었다. 박준열에 대한 고백 때문이었다. 그 오빠는 분명 언니가 아니라 날 좋아했어요. 채팅 프로필 사진이 내 거였으니, 처음부터 나한테 반했다고 봐야죠. 그런데 고백은 언니한테 했어요. 아마 제가 질투할 거라고 생각했겠죠. 그러니 휠체어를 밀고 나간 나를 본 척도 안 한 거고요. 성적인 매력을 느껴야 사귀는 거 아닌가요? 비장애인이 장애인한테 끌릴 수가 없잖아요. 그때부터 박준열의 실체를 해부하기 시작했어요. 날 약 올리는 이유가 너무 궁금했거든요.

해부란 단어가 일상적인 대화에서 이렇게 쉽게 튀어나올 수 있나, 우연은 얼굴이 굳었다. 양은 아랑곳없이 말을 이어나갔다. 박준열 고향이 파계시였어요. 대학생들 노는 데야 빤하잖아요. 파계시립대 앞 먹자골목 아니면 대복상가 주변. 한번은 잔뜩 취한 채 대복상가 곱창집에 들어가는 게 보였어요. 동기 서너 명이랑 같이 원형 테이블에 자리를 잡더라고요. 박준열이 언니 전화를 받으며 밖으로 나온 사이 나도 의자 하나를 가져와 그 틈에 끼어 앉았어요. 동기들이 누구세요, 묻길래 오빠 여자 친구라고 대답했죠. 거기서 그 사람에 대한 여러 이야기를 들었어요. 태권도장을 운영하는 아버지, 교회 목사인 어머니, 술만 들어가면 진심을 길고도 지루하게 털어놓는 주벽과 고기가 없으면 밥을 못 먹는 식성까지. 그때 박준열이 자리로 돌아왔어요. 너 학교 안 가고 여기 왜 왔어? 내 뒷덜미를 잡고 가게 밖으로 끌어내더라고요. 취했으니 진심을 말하라고 했어요. 오빠, 사실은 언니가 아니라 나 좋아하죠?

우연은 양이 두려워졌다. 자신이 그녀를 좋아해 매주 나부해변을 걷고, 함께 저녁을 먹고, 출퇴근시켜 주는 거라 오해할 수 있다는 생각에 이르렀다. "난 양 씨가 행복했으면 좋겠어. 그뿐이야"라는 말을 남기고 우연은 서둘러 한여름의 나부해변으로 향했다. 벌거숭이 사람들을 헤치고 모래밭을 빠져나와 쿵쿵, 발을 굴러 모래를 떨어냈다. 그사이 양은 거침없이 달려 주차장으로 앞질렀다. 그러고는 펜스에 앞 범퍼가 간당간당하게 닿은 우연의 차를 양이 온몸으로 밀어냈다. 어머어머. 왜 저래, 저 아가씨! 사람들이 소란스럽게 몰려들어 추락하는 쏘렌토를 바라봤다. 뒤늦게 다다른 우연은 온몸의 피가 빠져나간 사람처럼 멀거니 서 있었다. 이윽고 양이 다가서 우연을 포옹했다. 팀장님, 사실은 아내가 아니라 나 좋아하죠?

진술서는 양의 어머니 최정숙이 받아냈다. 비밀을 유지하는 대가로 2천만 원을 전달했지만 우연이 끝내 거절했는데, 비밀 유지 계약서에엔 사례금 2천만 원 위로 취소선이 그어 있었다.

"차는 이걸로 가져가면 돼."

강이 자동차 리모컨 하나를 건넸다.

"아마 못 돌려줄 거야."

나는 강에게 권총을 맡기고 작업실을 나서 중고차 여남은 대가 줄지어 선 창고로 향했다. 어둠을 향해 버튼을 누르자 검은색 K5에 번쩍 불이 들어왔다. 단화보다 먼저 우연의 집에 도착해야 했다. 작업실로 돌아가 잔뜩 취한 기범을 다시 어깨에 걸머졌다.

"난 네가 그러지 않았으면 좋겠어."

강이 전기포트에 생수를 옮기며 말했다.

"다른 사람이라면 몰라도……, 단화를 우리 일에 끌어들일 필요는 없단 얘기지. 살겠다고 살인까지 한 애한테 너무 가혹하잖아. 날 이 꼴로 만든 것도 용서했어. 널 용서했듯이 말야. 아마 나라도 그랬을 거야. 공안에게 잡히면 죽는 건 매한가지니까."

강은 잘못 짚었다. 내가 단화를 일원으로 받아들이려는 게, 자신에 대한 복수라고 확신한 모양이었다. 인간은 결코 한 가지 이유로 누굴 미워하지도 사랑하지도 않는다. 나는 단화라는 겹겹의 베일이 싸인 여자를 오래도록 들여다보고 한 겹 한 겹을 벗겨냈다. 이제 성기범이라는 베일 한 장만 남았다.

"선택은 목단화에게 맡기기로 하지. 네가 전화 넣어. 올 건지 말 건지 고르라고."

"알았다. 담번에 올 때 시내 베이커리에서 케이크 하나만 사다 줘. 날짜는 모르지만 이맘때 태어났다고 들었어. 나 말야."

나는 강의 부탁을 들어준 적이 없었다. 그럼에도 그는 꾸준히 내게 필요한 것을 쑥스럽게 요구하고, 빈손으로 찾아온 날 박대하지 않았다. 케이크를 사 오는 일은 없을 테지만 나는 고개를 끄덕였다. 언제나 모두를, 그리고 모든 걸 용서한 강은 평온한 얼굴로 나를 배웅했다.

안개가 얼어 서리로 흩날렸다. 양의 몸에서 흐른 추깃물이 자동차 시트에 고여 악취를 풍겼다. 두피까지 부풀어 올라, 가뜩이나 숱이 적은 양의 머리가 더욱 성기어 보였다. 우연을 떠올리며 크고 작은 분노가 치솟는지 그녀는 간헐적으로 몸을 떨었다. 살인의 대가는 살인한 순간부터 살인자의 피와 살과 뼈에 감염되는 모양이었다. 나 역시 어딘가가 아팠다. 그걸 견딜 만큼 나는 강하지 않았다는 게 양과 나의 차이였다.

"다 알고 있어요."

양은 대답이 없었다. 그녀가 여기서 멈추지 않으리라는 것도 알았다.

"양 씨가 거짓말하는 거 안다고요."

쏘렌토가 향하는 곳은 양의 집에서 서쪽 방향으로 7킬로미터를 더 가면 나오는 타운하우스였다. 거기, 김선희와 박준열처럼 죄 없는 한 사람이 살고 있었다.

"실은 모두 선량했잖아요. 김선희, 박준열 그리고 장우연."

화를 내야 했지만, 며칠 밤을 새워 장례식 치른 상주처럼 목소리가 눅었다.

"역시 폰으로 연락한 게 맞네. 앙큼하네, 나처럼. 그래서……

서익호가 그래요? 그 사람들이 선량하다고? 겪어보지 않고 누가 장담하는데. 나로 살아봤나. 단화 씨도 헛공부했구나."

혀마저 부패해 가는지 양의 발음은 어눌했다.

"죽이면 수치스러운 과거가 사라지나요?"

정말 궁금했다. 어떤 사람들은 스스로 기억을 삭제하는 방어 기제를 갖고 있다. 또 어떤 사람들은 낯이 두꺼워 수치를 모른다. 그리고 대개의 사람들은 참는다. 그저 묵묵히 참아낼 뿐이었다. 자신의 본질이 냄새나는 시커먼 구멍이란 걸 숨기기 위해 사방 천지에 구정물을 튀기는 사람은 양밖에 없을 터였다.

"잊었어요? 이게 다 단화 씨를 위한 일이잖아요. 그자들이 살아 있으면 언젠가 유양이 된 목단화를 흠집 낼 거예요. 아닐 거 같죠? 그렇게 순진하니 약자가 된 거예요. 약자로 태어나 약자의 신분을 가진 게 아니라, 이런 안일한 태도가 당신을 바닥으로 끌어내린 거라고요. 장애인 학대를 근거로 당신 아이의 양육권을 빼앗을지도 모른단 생각은 안 했어요? 성기범 씨의 메일로 생뚱맞은 과거를 미주알고주알 적어 보낼지 어떻게 알아요? 김선희, 박준열이 입 다문다 해도 모든 걸 알고 있는 장우연까지 그래 줄까요? 내가 이렇게 열심히 폭탄을 제거해 주고 있는데, 고작 한단 소리가 그거예요?"

"그건 내가 책임질 일들이었어요. 살아남은 내가 어떻게든 짊어질 짐들이요. 파탄이 나도 내가 나요. 기괴한 거짓말로 나를 살인에 동참시키지 말아야 했어요."

양이 속도를 높였다. 새벽이라 차가 없는 도로를 120킬로미터로 달리다 보니 어둠이 터널처럼 둥글게 시야를 감쌌다.

"기괴하다……. 그건 나도 그렇게 생각해요. 기억을 윤색하는 일이 쉽지 않았거든요. 내가 믿어야 당신도 믿게 할 수 있으니까 물러서지 않은 거예요. 나 다음이 당신이니까. 이제야 솔직하게 말할 수 있어 다행이에요. 나 곧 진짜 죽을지도 몰라. 여태 잘 해온 거짓말이 한마디도 안 나오네요."

너절한 변명을 하면서도 양의 입가엔 미소가 감돌았다. 내가 안전하길 바라 저지른 일이라면서, 정작 그녀가 지금 향하는 곳은 살인을 맹세한 기범의 앞이었다.

"이제 가족 얘길 해줘요. 윤색하지 않은 있는 그대로요."

내가 거짓말을 알아차렸으니 양도 더는 숨기려 애쓰지 않을 터였다. 그녀는 코에서 흐르는 체액을 소매로 문질렀다. 닦아도 닦아도 고장 난 수도꼭지처럼 양의 몸은 부패액을 배출했다. 양이 입을 벌려 소리 내어 웃었다.

"난 아빠를 닮았어요. 생긴 것부터 성격까지, 하다못해 혓바닥 모양까지 빼닮았죠. 그러니 알겠죠? 우리 아빠도 좋은 사람은 아니었어요."

양의 아빠는 9년간 애견 번식장을 운영했다. 동물을 좋아해서 시작한 일도 아니고 부자가 되려고 벌인 일도 아니었다. 상사로 전역해 마땅히 할 일이 없을 당시, 개 번식장이 동물 학대 혐의로 폐업하는 걸 유심히 지켜보다 싼값에 인수하면서 자연스레 시작된 업이었다. 간혹 갓 태어난 강아지들 중 눈에 띄는 장애가 있으면, 양의 아빠는 산 채로 구덩이에 던져 매장해 버리곤 했다.

"그러니까 다 가식이었지. 다리 없고 눈먼 강아지를 죽이며 무슨 생각을 했을까요. 내 병신 자식도 그때 엎어놓았어야 했는데, 속으로 엄청 후회했을 거야. 내가 그 속을 빤히 알아. 나도 똑같은 부류니까."

양의 엄마는 시청 민원실에서 일했다. 누군가의 부탁과 원망, 역정을 받아주는 게 그녀의 일상이었다. 양은 그런 엄마를 마음이 텅 비어서 표정이 없는 사람이라고 했다.

"엄마가 그나마 웃고 떠들고 온 마음을 쥐어짜 내는 순간은 언니와 함께 있을 때였어요. 죄책감 때문이죠. 이모 말이, 우리 엄마는 언니 임신했을 때까지 매일 술을 마셨대요. 처녀 적부터 가족들 눈에 들키지 않게 옷장 가득 빈 술병을 숨겨놨다 한 번씩 우르르 내다 팔았다니 말 다 했죠. 엄마는 거의 만취 상태로 언니를 낳았어요. 그러니 애가 시원하게 나왔겠어요?"

양은 아빠의 본성과 엄마의 끝없는 금단증상이 자신의 씨앗이라고 말했다.

"부모님은 내가 언니를 질투한다고 믿었는데, 틀렸어요. 까놓고 말해서 부러울 게 뭐 하나라도 있나요? 그냥, 대놓고 불쌍한 사람이 우리 언닌데. 인간도 동물이라 약한 개체는 공격하고 싶은 본능이 있다는 걸 왜 이해 못하는지 모르겠어요. 난 언니가, 우리 유자연이 웃기고 하찮았어요."

양은 언니의 뒤틀린 몸과 표정이 우스워 흉내 냈을 뿐이라고 했다. 대자연의 법칙대로라면 진작 도태되었어야 할 불량품이 특별한 대접을 받고 연애까지 하는 꼴이 너무 기이하다 느꼈다. 김선희와 박준열은 대자연의 법칙을 거스르는 돌연변이 세포같아 징그러웠다.

"목적이 이거구나."

레베리 타운하우스를 1킬로미터 앞두고 양이 싸늘한 눈빛으로 나를 쏘아봤다.

"내 가족 얘기를 끄집어내서 장우연에 대한 분노를 분산시키려고 한 거잖아요. 내가 괴력을 쓰지 못하게. 보기보다 교활하네."

들켜버리고 말았다. 어떻게든 안타까운 희생을 막아야 했다. 양이 분노를 응축할 동안 시간을 벌어 도망칠 생각이었다. 그녀가 부드득, 이를 갈았다. 그러자 탄력을 잃은 잇몸에서 앞니 두 개가 뽑혀 나왔다.

"죽이려면 죽여요. 근데 못하겠죠?"

우연이 아닌 내게 분노를 돌리기로 마음먹었다. 양이 차마 건드릴 수 없는 사람은 세상에 단 하나, 자기 생을 봉송해야 하는 목단화였다. 내 협박이 먹힌 걸까. 양이 페달에서 발을 뗐다. 그러곤 옅은 회색으로 변색된 눈동자를 굴렸다.

"차 소리……."

양이 낮게 읊조리며 운전자석 차창으로 고개를 돌렸다. 내 귀엔 들리지 않지만 저만치에서 검은색 K5 한 대가 쏘렌토로 돌진하고 있었다. 나는 품에 안고 있던 비타500 상자를 놓치고 몸을 웅크려 아랫배를 보호했다. 자동차 시계가 새벽 5시 41분을 표시했다. 굉음과 함께 차체가 흔들리며 보조석 방향으로 기울었다. 차창에 강하게 머리를 부딪히며 눈앞이 뿌예졌다. 간밤에 일어난 일들이 간유리 너머의 풍경처럼 흐릿해졌다. 유독 선명한 게 있다면, 무릎바위 안에서 썩어가는 개의 옆모습이었다. 눈곱 낀 까만 눈, 더께 앉은 야윈 턱, 배와 항문을 뒤덮은 구더기들. 몇 번이나 새끼를 낳았을까, 이름은 있었을까, 아직 살아 있기는 한 걸까.

의식을 되찾은 건 17분이 지난 5시 58분이었다. 고개를 돌려 운전석을 보고 싶었지만 극심한 통증이 목덜미에서 허리까지 뻗쳤다. 저벅거리는 발소리가 들리더니 이윽고 전복된 차체가 제자리로 돌아왔다. 뒤늦게 에어백이 터지며 숙인 고개를 들어 올렸다. 도망쳐야 한다면 지금이 기회인데 자꾸 눈꺼풀이 감겼다. 거의 24시간째 잠을 자지 않았다. 내 예상과 계획대로라면 나는 지금쯤 양의 지문을 얻고, 고철 사이에 압축된 그녀의 시신을 향해 기도하고 있어야 했다. 미안합니다, 고맙습니다.

"화내서 미안해요."

이명 탓에 선명하지 않았지만 양의 목소리였다. 차창에 반사된 내 얼굴은 뺨이 눌린 채 코피를 쏟아내고 있었다. 그 너머로 양이 초승달처럼 가늘게 보였다.

"그래도 이해해 줘요. 이렇게 태어났으니 이렇게 죽는 것도 이상한 일은 아니잖아."

양은 깨진 유리조각으로 자신의 에어백을 찢어냈다. 그러곤 내 에어백의 바람을 빼고 너덜거리는 손가락으로 얼굴을 받쳐 주었다. 통증 탓에 절로 비명이 흘러나왔다.

"단화 씨가 죽게 내버려두지 않아요. 난 이제 분노 없이도 못 할 게 없거든요."

양은 핸들을 움켜쥐고 몸통을 비틀었다. 그러자 따각따각, 장난감 부서지듯 핸들이 차체에서 떨어져 나왔다. 생전 무력했던 양은 죽어서야 생기를 찾았다. 부패와 분노가 거듭되자 믿을 수 없는 괴력을 갖게 되었다. 그리고 살의를 지닌 사람의 타격을 받았다. 양의 몸에서 풍기는 시취는 이제 한층 엷어졌다. 부패가 아닌 흙과 먼지로 돌아가는 중으로 보였다. 분명 이전과 다른 능력이 생겼을 터였다.

"그 사람이 우릴 들이받은 거예요?"

내 질문에 양이 고개를 끄덕거렸다. 그녀는 안전벨트를 끌러 내고 내 늘어진 고개를 힘주어 비틀었다. 어딘가 탈구되었는지 우득, 하는 소리와 함께 통증이 가셨다. 방사형으로 깨진 전면창에 고기칼을 든 기범이 서 있었다. 그의 뒤에 마치 그림자처럼 잿빛 코트 차림의 익호가 나를 바라봤다.

"그걸 왜 오빠가……. 어떻게 오빠가……."

기범이 들고 있는 고기칼은 내가 컨테이너선에 숨겨 온 것이었다. 달방 살 때까진 분명 이불장 밑에 숨겨놨는데, 반지하 월세로 이사할 땐 찾을 수가 없었다. 뽀얀 먼지가 칼이 누웠던 자리를 피해 방바닥을 덮고 있을 뿐이었다.

"자기야, 괜찮아? 내…… 내려봐. 나 하…… 할 말이 있어."

기범은 몸을 곧추세우지 못했다. 구부정한 어깨에 앞으로 한 걸음, 뒤로 한 걸음, 갈피를 잃은 몸동작, 칼을 쥔 손도 떨고 있었다. 취했다. 취한 게 분명했다. 약일까, 아니면 술일까. 나를 바라보는 기범의 눈빛이 흐리멍덩했다. 양아, 나 오늘 많이 취했다. 자기 보고 싶어서 택시 타고 왔어. 우리 엄마가 한 말 다 잊어. 노인네가 생각 없이 뱉은 소리야. 네가 어딜 봐서 지독하고 고독한 얼굴이야. 내 눈에만 예쁘면 되지, 안 그래? 기범이 취하는 날은 내 마음이 수굴한 날과 정확히 들어맞았다. 뻣뻣하게 돋아난 그의 턱수염에 이마를 가만히 붙이고 누워 "이제 그만 술 끊자, 그래야 우리가 행복해질 거야"라고 말하던 순간들이 마음을 아프게 포 떴다.

"듣지 마요. 대답 마요. 저들은 우릴 죽이려고 했어요."

내 마음을 알아차리기라도 한 것처럼 양이 단호하게 말했다.

"우리 오빠 살려줄 거죠? 내 아기, 그니까 양 씨의 아기 아빠예요."

양은 대답 없이 운전석 문을 부수다시피 열었다. 두고 볼 수만은 없었다. 조수석으로 나가려는데 충돌로 우그러진 문이 열리지 않았다.

"양이는 나예요. 내가 유양이라고요."

양이 바지를 질질 끌며 기범 앞에 마주 섰다.

"들어서 아…… 알고 있어. 근데 당신 몰골이."

기범이 주눅 든 눈빛으로 칼 든 손은 그대로 둔 채 엉덩이만 뒤로 뺐다. 그도 그럴 것이 이제 양은 사람의 흔적이 거의 사라졌다. 나무 막대기에 묻은 시커먼 솜사탕과 비슷했다. 바람이 불면 살점이 뚝뚝 떨어져 나가고, 물이 닿으면 녹아내리는 흉물스럽고도 아스라한 존재가 양이었다. 나는 서둘러 운전석으로 옮겨 가 차 밖으로 빠져나왔다.

"그 사람 해치지 말아요. 양 씨가 복수하려는 사람은 따로 있잖아요. 우리 오빤 아무 죄도 없어요."

나는 양이 아닌 익호를 바라보며 소리쳤다.

"죄 없는 사람이 있어? 단화 씬 정말 그렇게 생각해요? 죄가 없다면 사람이 아닌 거지. 우린 모두 누군가의 몸을 찢고 세상에 나왔잖아. 큰 죄, 작은 죄 나누자는 건가요? 어디까지가 큰 죄고 어디서부터가 작은 죄인데?"

양은 내가 아닌 기범을 향해 소리쳤다.

"상상한 것보다 훨씬 흉측하네요. 전의가 사라질 만큼 안쓰럽습니다. 죄가 있든 없든 우린 모두 나약한 존재들이에요. 이제 그만 영면하시죠."

이번엔 익호가 나를 바라보며 양에게 말했다.

"선생님, 저는 누구부터……?"

기범이 글썽한 눈으로 내 쪽을 바라보며 말했다.

"단화 씨가 깨달았으면 좋겠어요. 타인이란 매 순간 자기에게 유리한 선택을 하는 존재라는 걸요. 저 살자고 약혼자 죽이러 나온 걸 봐요. 그런 맥락으로 보면 내 복수가 정말 유별난가요? 오히려 이타적이라고 해석되지 않아요? 익호는 자기가 단화 씨를 소유하고 싶어 안달이 났어요. 그게 뜻대로 안 되면 차라리 아무도 갖지 못하게 죽여버리려는 거죠!"

양이 내게 말하며 익호를 응시했다. 우리 넷은 잠시 말이 없었다. 저만치 멀리 서릿발을 뒤집어쓴 레베리 타운하우스의 여섯 가구가 보였다. 이른 아침 식사를 준비하는지 1호 집에 조명이 켜졌다. 컹컹, 개 한 마리가 짖자 다른 집 마당에 묶어놓은 개들도 요란스럽게 따라 울었다. 곧 동이 터 오를 모양이었다.

"인간이 뭐 그리 대단하다고 행동 하나, 말투 하나에까지 의미를 둡니까. 난 그저 목단화를 데리러 왔을 뿐입니다. 이젠 시체여도 좋고 산 채여도 상관없습니다."

익호가 왼손으로 라이터를 켰다. 담배에 불을 붙이려는 의도가 아니었다. 그의 오른손이 들고 있는 걸 보여주려는 용도였다. 작은 불씨 아래로 기범을 겨눈 총구가 보였다. 익호가 총구로 그의 등허리를 쿡 찔렀다.

"하…… 하…… 하려고 했어요! 쏘려면 저 괴물 여자한테나 쏴요."

기범이 살기 어린 눈빛을 곤두세웠다. 양에게 붙었던 시선을 내게 옮기며 그가 손에 난 땀을 바지에 문지르고 고기칼을 다시

쥐었다. 양이 점액질 같은 액체를 입으로 쏟아내며 기범에게 한 걸음 다가섰다. 나를 해치기 전에 양의 먹이가 되거나 익호의 단발에 무너져 내릴 터였다.

"오빠, 나 임신했어. 우린 몰라도 아이는 죄가 없잖아. 너무 작아서 아직 사람이라고 할 수 있을진 모르겠지만, 내 몸에 뿌리내리고 심장도 뛰어."

기범과 익호의 표정이 동시에 일그러졌다.

"미안한데, 날 위해 죽어주라."

기범의 칼끝이 내게 맞춰졌다.

왜 이제야 알아차린 걸까. 이제 보니 단화에게서 부쩍 강한 생기가 느껴졌다. 그녀는 기범을 향한 애틋한 감정에 양의 볼모가 되어 살인을 도운 게 아니었다. 부족장으로서 위기를 정면 돌파한 거였다. 그보다 훨씬 앞서, 느닷없이 데이팅 앱으로 남자를 만난 것조차 환족 여인의 본능이었다. 내가 아는 한 단화가 태어난 민족은 모계사회였다. 흐주깐을 생육하고 수확하는 모든 일, 마을의 규율에 따라 죄인을 단죄하는 것은 부족장과 어머니들이 관할했다. 밥을 짓거나 아이를 돌보는 일, 청소나

제례, 흐주깐을 거래하는 일만이 남자의 몫이었다. 그래서 단화가 가출했을 때, 아무도 그녀의 안위를 걱정하지 않았다. 어디서든 환족의 여인은 아이를 낳고 키워 또 다른 환족의 부족장이 될 거라고 믿었기 때문이었다.

단화는 부족장으로서 품격을 지키기 위해 남부끄러운 일로 돈을 벌지 않았다. 그녀가 강을 해치고 양을 살해한 건 고결한 임무를 지닌 환족의 여인으로서 마땅히 발휘해야 할 권능이었다. 오랜 한국 생활로 그녀 자신도 지금은 목적을 잊었지만, 단화는 기범이 아닌 자신의 뱃속에 든 환족의 후손을 위해 움직이고 있었다. 그러다 어느 순간, 여제의 피가 그녀를 각성시키는 때가 찾아올 터였다. 환족의 여인에게 남자는 귀하고 성스러운 존재가 아니었다. 종족의 번성을 위해 필요한 유전자의 나머지 조각이었다.

부족장이 될 단화를 오롯이 독차지하는 일은 불가능했다. 하지만 실망하지 않기로 했다. 내가 그녀의 부족원이 되면 그만인 일이었다. 그간 나와 일한 브로커들에겐 품위가 없었다. 돈이 되는 일이라면 서슴없이 제 동족을 꾀어내 살인자로 만들고, 수수료를 챙겼다. 이반이라면 단화의 진면모를 알아챈 순간 존경을 표했을 거였다. 그 역시 오랜 전쟁으로 남자 수가 부족한 모계사회에서 성장했다. 이반의 어머니는 아들에게 버릇처럼 말했다. 명분 없는 살인을 하면 명분 없이 죽게 된단다. 네 아버지, 네 삼촌과 네 형이 그랬지. 이반이 한국으로 망명한 건 가족의 수장인 어머니의 바람 덕이었다.

양이 기범의 얼굴을 먹어 치우는 중이었다. 단화는 아직 자신이 부족장이라는 걸 받아들이지 못했는지 양의 허리를 붙잡고 끅끅 울음을 토했다. 숨이 끊어지지 않은 기범이 양의 몸에 고기칼을 꽂았다. 칼은 아슬아슬하게 양의 허리를 잡은 단화의 손을 비껴갔다. 그대로 놓아두면 단화도 부상당할 위기였다. 나는 기범의 목덜미 아래에서 정수리를 향해 방아쇠를 당겼다. 그러자 뇌와 분홍색 뇌수가 폭죽처럼 우리 세 사람에게 튀었다. 양은 죽은 동물은 맛이 없어 먹을 수 없다며 짐승처럼 포효했다.

"8시에 의뢰인을 만나기로 했습니다."

나는 주머니에서 손수건을 꺼내 조심스레 권총을 닦았다. 요란한 총성에 타운하우스 여섯 가구의 개들이 목청껏 짖었지만, 아무도 마당으로 나오지 않았다. 여긴 한국이니까. 한국 사람들은 총을 두려워하지 않았다. 식당이나 도서관 책상에 권총을 올려놓아도 모조품이라 여기는 나라였다.

"당신은 의뢰인이 누군지 아는구나?"

양이 탁한 눈동자로 나를 바라봤다. 하반신을 나와 구더기에게 먹히며 눈빛을 잃어간 강과 달리, 양의 눈빛은 기묘한 안광으로 번뜩거렸다.

"당신의 아버지입니다."

믿어줄지 의문이지만, 난 사실대로 대답했다.

1년 전, 양의 살해를 청탁한 사람은 50대 후반 남자였다. 그는 자신의 이름을 유상민이라 밝히며 그간 모은 자료들을 건넸다. 의아한 건 어디에도 내 주소나 연락처를 공개한 적이 없는데, 상민은 점심시간이 지난 무렵 우리 집 초인종을 누른 거였다. 일찍 대머리가 되었는지, 숱 없는 머리를 삭발해 동그란 두상이 알전구처럼 반들거렸다.

"잘못 찾아왔어요. 전 그런 일을 하는 사람이 아닙니다."

역정을 내면 오히려 의심을 살까 봐 일부러 점잔을 뺐다.

"압니다. 의안, 의족, 의수로 명성이 대단하시죠."

상민은 내 허락을 받지 않은 채 신을 벗고 거실로 들어섰다. 혼자 사는 남자의 집이 대개 그렇듯 거실은 먼지와 머리카락, 묵은 빨래로 난잡했다. 상민은 창밖이 내다보이는 안락의자에서 내 스웨터를 집어 들고 조심스럽게 엉덩이를 붙였다. 그는 스웨터에 일어난 보풀을 손톱으로 뜯으며 눈이 펄펄 날리는 창밖을 바라봤다. 나는 상민의 정체를 의심했다. 내게 독기를 품을 경쟁업체에서 보낸 킬러일지도 몰랐다. 어쩌면 종명처럼 돈에 쪼들리는 브로커의 하수인일지도. 나는 가운 주머니에서 폴딩 나이프를 매만졌다. 아무래도 경동맥이 터지면 치우는 일이 번거로우니 나이프보다는 내 팔이나 끈으로 목을 조르는 게 나을 것 같았다.

"이반에게 내 얘기 못 들었습니까?"

상민의 말에 나는 멈칫했다. 이반에게서 상민의 이름을 들은 기억이 없었다. 게다가 이반과 내가 다른 인물이란 걸 아는 사람은 브로커들뿐이었다.

"무슨 말을 하는 건지 모르겠습니다."

나는 여전히 의심을 거두지 못해 가운 허리끈을 허리에서 풀어 한 손에 감았다. 그리고 문득 유리창을 바라봤다. 허리끈을 올가미 모양으로 만든 내 모습을 상민이 빤히 보고 있었다. 그는 겁먹거나 도망갈 채비를 하지 않고 고요한 얼굴로 나와 눈을 맞추었다.

"이반의 단골이었어요."

상민은 바지를 걷어 올려 의족을 보여주었다.

"군대에서 이렇게 됐습니다. 내가 의족을 찬 건 아내밖에 몰라요. 이반 솜씨가 그만큼 훌륭했죠."

공격할 걸 알면서도 덤덤한 건 군인 출신이기 때문이었다.

"의족이라면 제가 손봐드릴 수 있습니다. 하지만 청부는 제 소관이 아닙니다. 말씀드렸듯, 저는 제작자예요."

나는 허리끈을 내려놓지 않은 채 상민을 주시했다.

"의안, 의족, 의수만 제작하진 않잖아요. 여러 가지 일을 기획하고 제작하는 사람이란 거 다 압니다. 부자일 텐데 참 검소하시군요."

상민은 보풀을 아무리 뜯어도 여전히 구질구질한 내 스웨터를 무릎에 내려놓았다.

"제 작업 프로세스를 아는 분이라면, 절차를 밟아 올라오세요. 직거래는 안 합니다."

다 알고 찾아온 사람에게 잡아떼는 건 시간 낭비였다. 그의 입이 무겁기만을 바랐다. 나와 이반에 대해 떠들고 다니면, 죽음의 명분이 생길 터였다.

"내가 가져온 서류를 읽어보면 마음이 동할 겁니다. 시간은 많으니 천천히 읽어주세요. 그래도 거절하겠다면 별수 없는 걸로 여기죠."

상민은 쉬이 물러서지 않았다. 가스레인지에 올려놓은 고기 스튜의 불을 끄고, 오목한 그릇 두 개에 스튜를 옮겨 담았다.

"양고깃국이라도 괜찮다면 드세요."

"뜨거운 거라면 뭐든 좋죠."

상민이 부엌 식탁으로 다가와 내 맞은편에 앉았다. 그가 후후 불어 스튜를 떠먹는 동안 나는 두툼한 서류를 한 장씩 넘기며 유양이라는 여자를 읽어냈다. 보통 사람의 시선으로 본다면 양은 악의와 질투로 똘똘 뭉친 위험한 존재였다. 하지만 내겐 달랐다. 양은 나와 여러 면에서 비슷한 사람이었다. 우린 그저 자신이 우선인 사람일 뿐이었다. 모든 상황에서 내게 유리한 선택만 하는 게 아비에게 살해당할 만큼 큰 죄일까. 조금이라도 더 관심받고, 사랑받고, 이해받길 원했을 뿐이었다. 내가 단화를 관찰해 온 건, 그녀가 인간이라면 마땅히 가져야 할 악의와 질투의 흔적이 없어서였다. 없을 리 없다는 게 내 결론이었다. 집요하게 파고들어 뜻밖의 상황을 만들다 보면 단화도 본성을 드러낼 터였다. 언젠가는 나를 때리고 할퀴고 깨물며 미워하다, 정들어 버릴지 몰랐다.

남자를 바라보며 그의 딸을 상상했다. 눈썹이 짙고 쌍꺼풀이 있지만 크지 않은 눈, 끝이 조금 늘어진 코와 한쪽 뺨에만 팬 보조개를 떠올렸다.

"마지막 장에 딸 사진이 있습니다."

상민은 가스불에 스튜 냄비를 올리고, 내 식은 스튜를 부어 다시 끓였다. 그의 말대로 절반쯤 남은 서류를 넘기고 나니, 내 상상과 전혀 들어맞지 않는 여자 얼굴이 나왔다. 단발에 학사모를 쓴 졸업 사진의 양은 가는 눈썹과 눈, 날렵한 코에 얇은 입술, 창백한 피부에 마른 몸을 갖고 있었다. 언뜻 단화로 착각할 만한 외모였다.

"속은 몰라도 껍데기는 아내를 닮았어요. 곧 몇 장의 서류가 더 추가될 겁니다. 내가 모으고 있어요. 아직도 의뢰를 거절하고 싶습니까?"

"돈이 많이 듭니다."

상민이 다시 따끈해진 스튜를 그릇에 담아 내려놓았다.

"2억 원 선에서 해결하고 싶어요. 그게 전부입니다."

나는 유양을 통해 단화의 욕망에 불을 붙이고 싶어졌다. 양을 공부하며 악의와 질투를 습득하길 바랐다. 그리하여 너 역시 나와 다르지 않은 인간이란 걸 증명하고 싶었다. 환족의 여인이 아닌, 이 나라의 흔한 여자로 주저앉힐 수 있을 것 같았다.

"따님의 취향과 성격, 외모, 사소한 습관까지 알려주어야 할 겁니다."

나는 스튜 한 숟가락을 떠 입에 넣었다. 상민이 턱을 주억거리며 스튜 그릇을 내 앞에 바투 놓아주었다. 그의 소매 끝에서 푸슬푸슬 먼지가 쏟아졌다. 그러고 보니 나이에 비해 검버섯이 많은 얼굴이었다. 머지않아 단화의 아버지가 될 남자였다.

나는 죽은 기범과 탈진한 단화를 사이에 두고 양과 거울처럼 마주 섰다. 이목구비가 있던 자리에 기포 같은 구멍 몇 개만 남은 얼굴이었다.

"속은 거야. 아빠는 14년 전에 돌아가셨어. 진짜 의뢰인이 누구야?"

양이 허물어진 입술을 달싹여 말했다. 상민의 의뢰를 받아들인 뒤, 나는 그가 운영했던 개 번식장을 찾아갔다. 그 자리엔 애견 펜션이 들어서 있었다. 펜션 주인인 40대 부부에게서 개 번식장 사장이 오래전에 사망했다는 이야기를 들었다. 양의 아버지 유상민은 14년 전, 어머니 최정숙은 3년 전 병사했다. 병명은 각각 폐렴과 패혈증이었다. 유가족을 만나볼 필요가 있었다. 나는 양의 자매인 자연을 찾아갔다. 면회 신청을 하며 관계 확인란엔 지인이라 쓰고 한때 연인이었던 박준열의 이름을 적었다. 활동지원사의 도움으로 면회실에 내려온 자연은 실망을 감추지 못했다. 미안합니다. 만나주시지 않을까 봐 그랬습니다.

아버지 유상민의 의족 제작자라는 말에 자연은 더 묻지 않고 고개를 끄덕였다. 말을 할 때, 특정한 표정을 지을 땐 얼굴이 일그러져 몰랐는데 깊이 생각에 빠진 그녀 얼굴은 양과 꽤 닮았다. 아저씨가 서익호 씨죠? 아빠가 돈 받으러 올 거라고 얘기한 적 있어요. 자연은 나까지 혀뿌리에 힘이 들어갈 만큼 힘겹게 말을 꺼냈다. 아버지는 돌아가셨을 텐데요? 내가 묻자 자연의 눈에 눈물이 가득 고였다. 외상으로 의족을 맞춘 적이 있다고 임종 전에 말씀하셨어요. 그걸 갚아야 마음 편히 죽을 것 같다고.

"당신 아버지, 유상민의 유일한 치욕이 딸 유양이라면 죽지 못한 게 설명이 될까요?"

양은 웃는지 우는지 끄윽끄윽 소리 내다, 죽은 기범의 배 위에 쪼그리고 앉았다.

"난 계약을 이행하고 싶습니다. 아마 그건 목단화도 마찬가지겠죠. 의뢰인을 만나 당신의 사망을 알리고 지문을 얻으면 끝납니다. 서로에게 품은 원한이 소멸되면 당신 영혼도 자유를 찾을 겁니다."

내 딴엔 꽤나 어려운 단어를 조합하느라 애를 썼다. 계약이나 이행은 자주 쓰는 말이지만 원한, 소멸, 영혼 같은 단어는 처음 발음해 봤다. 내가 하는 일은 언제나 험하고 건조했다. 오차가 허용되지 않는 미시의 세계를 정밀하게 구축하고 파괴하고 다시 구축하다 보면, 온몸이 땀으로 흠뻑 젖고 욕이 절로 나왔다. 긴장이 풀어지는 유일한 시간은 단화를 들여다볼 때뿐이었다. 그녀가 흥얼거리는 이름 모를 멜로디가 좋았고, 운동화 왼발 뒤꿈치가 먼저 닳게끔 약간 끄는 걸음 소리가 거슬리지 않았다. 아니, 물하고 퐁퐁은 하늘에서 그냥 쏟아져? 깔끔한 게 좋아도 그렇지, 영업장에서 누가 그렇게 설거지를 오래 해. 그냥 뜨거운 물에 휘 헹궈 쌓으라니까 말귀를 못 알아먹어, 진짜. 단화를 윽박지르는 사장의 목소리에 역정이 났다. 사박사박 돈 세는 소리, 바스락바스락 라면 봉지 뜯는 소리, 스억스억 칼 가는 소리. 나는 강의 등허리를 찌른 칼이 단화를 고달프게 만든다고 생각했다. 한 번 역치를 넘긴 양심의 증거가 아직 그녀 곁에 있어서 나와 다른 부류의 인간으로 살아가는지 모른다고 여겼다. 환족의 징표인 그것을 계속 내버려둘 수 없었다. 그래서 고기칼을 훔쳐냈고 기범의 손에 쥐여주었다.

내가 단화를 떠올리고 있을 때, 공교롭게도 그녀는 내게 달려들었다. 단화는 기범이 들고 있던 고기칼로 내 가슴을 찔렀다. 칼끝이 코트와 셔츠를 뚫고 흉곽에 부딪혔다. 조금만 힘을 주어 누르면 칼끝은 심장으로 파고들 터였다. 이 찰나의 순간, 나는 뜻밖의 황홀경에 빠졌다. 내가 단화의 마음 어딘가에 커다란 파장을 일으켰다는 게 신기했다. 단화가 양을 살해한 건 종족의 번성을 위한 본능의 이끌림이었다. 하지만 죽인다고 어떤 이득도 없는 내게 칼을 휘둘렀다. 그녀 역시 나와 다르지 않은 인간이란 의미였다. 비록 칼이지만 서로를 연결하는 무언가를 품고 있다는 게 놀라웠다. 이대로 죽어버리면, 단화는 영원히 나를 잊지 못할 터였다. 부족장 목단화가 아닌 인간 목단화가 저지른 첫 살인일 테니까.

"그만둬."

단화와 나 사이를 갈라놓은 건 양이었다. 그녀는 단화의 손아귀에서 나이프를 빼앗았다. 날 길이만 17센티미터인 칼에 양의 손도 베였지만 피는 흐르지 않았다. 조금 푸른 기가 도는 부패액이 칼끝에 맺혔다 떨어졌다. 단화의 표정은 비통하다, 혹은 애통하다는 표현이 딱 들어맞았다. 뭔가 따뜻한 것이 몸을 적셨다. 상처에서 흘러나온 피였다. 뒤늦게 뻑지근한 통증이 밀려왔다.

"단화 씨, 살인할 기회는 많아. 죽이고 싶은 인간은 버스 정류장처럼 따박따박 나타나기 마련이거든. 하지만 지금은 때가 아냐. 그건 나도 마찬가지고."

양은 우연을 살려두기로 결심한 모양이었다. 그녀의 시선이 타운하우스 3호로 향했다. 거실의 미색 커튼이 밝아졌다. 기지개를 켜는 남자의 실루엣이 보였다.

"당신 프로세스를 존중할게요. 아빠를 만나게 해줘요."

양은 보닛이 찌그러진 K5 뒷좌석으로 향했다. 나는 기범의 시신을 어깨에 짊어지고 트렁크로 향했다. 신분을 팔기엔 가족과 동료가 너무 많은 보통 사람이었다. 강에게 부탁해 화목 난로에 소각해야 할 것 같았다. 기범을 내려놓고 야전삽을 꺼냈다. 그의 피가 흥건한 도롯가로 걸어가 흙을 퍼 덮었다. 내 가슴에서 쏟아지는 핏자국 탓에 길은 좀처럼 깨끗해지지 않았다.

"다들 미쳤어."

단화가 작게 외쳤다.

"아니면 나 혼자라도 미친 거야. 죽으면 그 자리에서 끝나야 하잖아. 그런데 어째서 다시 시작되는 건데. 대체 왜? 어떻게?"

내가 아는 단화는 엄살이 없는 사람이었다. 독감과 코로나19에 감염되었을 때도 혼자 앓고 버텨냈다. 공포에 질려 확장된 눈동자, 식은땀으로 푹 젖은 머리칼과 떨리는 손. 단화는 극심한 두려움과 적대감을 견디는 중이었다. 이 모든 일의 시작이 단화 자신이란 걸 몰라서 다행이었다. 세상을 살아가려면 적어도 자기 자신만큼은 경멸해선 안 되었다.

"난 되살아나지 않을 겁니다."

나는 단화의 날렵한 귓불에 시선을 맞추고 말했다. 눈을 바라볼 용기가 나지 않았다.

"뭐라 그랬어요?"

아마도 믿어지지 않는다는 표정으로 나를 바라보겠지. 나는 허튼소리를 하는 사람이 아니다. 부족장이 되기 전 인간 목단화가 남긴 오점이 나이길 바랐다. 김선희, 박준열, 성기범이 아닌 나여야 했다.

"나는 죽이고 싶은 사람이 없어요. 할 일을 마치면 당신 앞에서 깨끗이 죽을 거예요. 그러니 이제 의뢰인을 만나러 갑시다."

나는 단화의 옷깃을 잡으려다, 손바닥으로 피가 흘러내린 걸 깨닫고 코트에 손을 닦았다. 어떻게 죽어야 단화에게 오래 기억

될지 고민스러웠다. 아직 생기가 가득하니 쉽진 않을 터였다. 아스피린을 꾸역꾸역 먹는 것도 괜찮은 방법이었다. 피가 멎지 않으면 죽기 마련이었다. 양의 생을 단화에게 안전하게 이식할 때까지만 버티면 되었다.

동이 트기 시작했다. 타운하우스를 둘러싼 산자락이 불그레 달아올랐다. 하나둘 가로등이 꺼지고, 누군가의 집에서 흘러나온 김치찌개 냄새가 느껴졌다. 칼이 들어왔다 나간 코트와 셔츠 아래 깡마른 가슴으로 바람이 스몄다. 짙은 갈색 체모가 바짝 곤두섰다. 어째서 상민은 훤한 아침에 만나자고 한 걸까. 악인들도 일광소독을 하면 죄가 날아가 버리려나. 이반이 한 말이 떠올랐다. 천성은 불개야. 타고난 성품은 절대 바꾸는 일이 없지. 넌 언제까지나 외로울 거다. 그렇게 태어난 놈으로 보이거든.

아니, 나는 외롭게 죽지 않을 터였다.

과발효된 반죽처럼 부풀었던 몸이 어느 순간 쪼그라들었다. 익호의 차가 시 경계를 빠져나가 바다와 점점 멀어지면서부터였다. 룸 미러를 흘끔거리며 내 몸에 일어나는 변화를 관찰했다. 자주색으로 변한 피부는 노인처럼 주름졌다. 근육과 지방이

휘발되기라도 한 것처럼 뼈 위에 가죽이 달라붙었다. 코의 연골이 허물어지며 뻥하게 콧구멍이 보였다. 이런 걸 시랍화라고 부르는지도 몰랐다. 시신이 부패를 건너뛰어 비누나 밀랍처럼 변하는 것 말이다. 해일처럼 휘몰아치던 분노가 더는 느껴지지 않았다. 인간이 아닌 사물처럼 감정이 증발했다. 단화에게 솔직해진 순간부터 나는 진짜 죽음을 예감했다. 내가 되살아난 건 수치심 때문이고 육신을 부패시킨 건 분노와 살의 탓이었다. 딸을 살해한 아빠는 지금 얼마큼 솔직해졌을지 궁금했다.

"어…… 어이즘……."

단화나 익호에게 어디쯤 왔냐고 물을 셈이었다. 하지만 턱관절이 내 맘대로 벌어지지 않았다. 혓바닥이 무겁고 입술을 움직일 수 없었다.

"어이즘 와어여?"

내 말에 눈이 퉁퉁 부은 단화가 보조석에서 고개를 돌렸다. 보통 사람이라면 놀라 비명이라도 지를 몰골이었다. 하지만 백년 같은 지독한 밤을 보낸 그녀였다.

"나도 몰라요. 어쩌면 저 사람은 절벽으로 차를 몰아 우리 모두를 죽일 셈인지도요."

제법 깊은 상처를 입고도 익호는 흐트러짐 없이 운전을 했다. 그러나 꼿꼿이 버틸 뿐 내게 들리는 심박음이 불규칙했다.

"은서령역 앞에서 만나기로 했으니 8킬로미터 남았습니다."

은서령은 내가 태어난 마을이었다. 아빠가 상사로 복무하던 시기, 나는 은서령 산골짝 관사에 살았다. 지금은 사라졌지만 그 시절 은서령역엔 비둘기호 열차가 정차했다. 그걸 타면 외가가 있는 대전까지 47분이 걸렸다. 아빠와 기차를 타본 적이 있었던가. 외가와 냉담했던 아빠는 명절이면 부대 단체 차례를 핑계로 늘 엄마와 나, 언니만 역 앞에 내려주고 돌아갔다. 엄마가 언니를 등에 업고, 내가 휠체어를 접어 우당탕 객실로 끌고 들어가면 사람들의 시선이 한데 모였다. 그 시선의 의미를 알게 된 나이부터 나는 무채색 옷만 골라 입었다. 흐릿한 인상을 만들고 머리를 내려 얼굴을 가렸다.

"환족이니 아기 성별은 알고 있겠군요."

익호가 갑 티슈를 잔뜩 뽑아 상처 난 가슴을 막았다.

"아들일 거예요."

단화가 답했다. 그걸 어떻게 아느냐고 묻고 싶었지만 혀가 무거웠다.

"어른들 말이, 꿈에 흐주깐 꽃을 보면 딸이고 열매를 보면 아들이랬어요."

묻지 않아도 단화는 태몽을 털어놓았다.

"환족은 출생신고를 안 해요. 어디에서 언제 누구에 의해 태어났는지는 중요하지 않거든요. 흐주깐 문신만 있으면 모두 부족의 일원으로 받아들여요. 내 아들도 환족이에요. 흐주깐을 팔아 양을 사고, 양을 팔아 개를 사고, 개와 함께 양을 치는 남자가 되겠죠."

단화의 말에 익호가 험악하게 인상을 구겼다.

"고향으로 돌아갈 겁니까? 환족 사람들이 죽고 나서 무슨 꼴을 당하는지 알면서 그런 말을 해요?"

익호는 환족 사회를 잘 아는 모양이었다. 단화는 고개를 주억거렸다.

"그게 뭐요? 죽은 다음이 그렇게 중요해요? 가마솥에 시신을 삶는다는 게 외국인들에겐 끔찍한 괴담처럼 들리겠죠. 하지만 왜 비난받을 일이죠? 땅속에서 썩어 문드러지며 이웃과 가족이 마실 물을 오염시키는 건 괜찮나요? 불에 태워 황무지에 뿌리느니 마지막 한 줌까지 동물의 먹이가 될 수 있는 게 나쁜가요? 적어도 완전히 죽을 수는 있잖아요."

단화가 룸 미러로 나를 응시했다. 그녀의 아버지는 장의사였다. 마을에 아픈 사람이 생기면 저승사자처럼 나타나 죽기도 전에 몸을 씻기고 머리를 빗겼다. 그는 환자가 턱을 흔들며 호흡을 할 때쯤 가마솥에 불을 지폈다. 환자의 옷가지와 태어났을 때 달고 나온 마른 탯줄, 흐주깐의 뿌리를 태웠다. 환자는 가마의 물이 끓을 즈음 사망했다. 단화의 아버지는 큰 고기칼을 벼려 시신의 관절과 근육을 조금씩 끊어놓았다. 그러고는 동그란 바구니에 태아 모양으로 담아 가마에 넣었다. 단화가 갖고 있던 고기칼은 아버지에게 물려받은 유품이었다. 아버지가 사망했으므로 마을의 장의사는 장녀인 단화가 이어받아야 할 직업이었다. 단화에게 고기칼은 산 사람을 죽이는 용도가 아니었다. 고요하고 자비로운 죽음의 상징과도 같았다.

"이어받는 게 싫어 도망쳤는데, 누군가를 이어받으려고 살인자가 됐어요. 난 강이나 양처럼 여기서 썩고 싶지 않아요. 당신이 좋아하는 돈, 내가 줄 테니 제발 놔줘요."

단화에게도 아버지가 있었다는 사실이 왜 이토록 생경할까. 모든 인간은 한 남자와 한 여자의 결합으로 만들어지는 게 당연한데, 어쩐지 그녀만큼은 세상에 불현듯 떨어진 운석 같다고 생각해 왔다. 아니, 단화뿐이 아니었다. 나를 둘러싼 모든 인간과 사건들도 하나같이 낯설고 이상했다. 아빠가 의족을 찼다는 걸 어떻게 딸인 내가 모를 수 있을까. 그가 전역한 건 언니의 병원 출입이 잦으니 외가가 있는 대전으로 이사해야 한다는 엄마의 성화 때문이었다. 가끔씩 거실 소파에 앉아 개 번식장에서 물리고 긁힌 상처에 소독약을 바르는 모습을 봤다. 무엇보다 아빠는 대머리가 아니었으며, 나는 엄마가 아닌 아빠를 빼닮았다. 하나씩 깨달을 때마다 진공 포장하듯 살갗이 오그라들었다. 이젠 표정조차 짓기 어려웠다.

"단화 씨는 살인자가 아니에요. 부족장으로서 터전을 개척한 겁니다. 내게 돈은 중요하지 않아요. 아까도 말했듯, 나는 목단화가 남긴 유일한 희생자가 될 겁니다. 꾸준히 기억하고 지겹게 미안해하면 돼요. 당신의 인생은, 그리고 당신은 내 소유가 될 겁니다."

생전 내가 환하게 웃는 법 없었듯, 익호 역시 격하게 웃거나 울 수 있는 사람은 아닐 것 같았다. 하지만 그가 울부짖었다. 창백하던 얼굴이 붉게 타올랐다. 익호의 말에 동감했다. 인간은 예측할 수 없는 순간에 자신도 모른 채 초능력을 발휘할 수도 있었다. 하수구 속 머리카락처럼 질척하고 냄새나는 내가 우연에게 마음을 연 것도 예사의 일은 아니었다. 나는 단화의 터전에 덩그러니 놓인 괴석이었을지도. 초인적인 힘으로 유양이라는 괴석을 들어내고 이제 막 모닥불을 지피려는데, 다시 괴석이 굴러 돌아오는 꼴이 아니었을까. 가지 말아요, 단화 씨. 그냥 날 깨부숴요, 모래가 될 때까지. 그건 당신 죄가 아니에요.

익호가 차를 멈추고 눈물을 삼켰다. 어느새 은서령역이었다. 회벽에 남색 지붕을 씌운 외양은 그대로였지만, 창문은 모두 깨져 있고 역 앞을 지키던 가문비나무도 허리가 꺾여 썩어가고 있었다. 고물 자전거 몇 대가 녹슬고 있는 광장 오른편에 검은색 스타렉스 한 대가 주차되어 있었다.

익호가 운전석 문을 열고 차에서 내렸다. 겨울치고 볕이 쨍했다. 역 앞엔 드물지만 화물 트럭과 자동차가 시내를 향해 달렸다. 개를 산책시키는 노부부가 이국적인 외모의 익호를 흘끔거리며 지나쳤다. 그가 스타렉스에서 여남은 걸음 떨어져 손갓을 펼치고 의뢰인을 기다렸다. 이윽고 보조석 창문이 한 뼘가량 내려가고 나이 든 남자의 목소리가 들렸다. 아직 1분 15초 남았습니다. 아빠 목소리 같기도, 내 사촌 오빠의 목소리 같기도 했다.

"다나 시. 일사이사암육구."

단화가 의아한 표정으로 나를 돌아봤다.

"뭐라고 했어요?"

"일사이삼육구······. 내 핀 번호. 아려준다고 야속했잖아."

단화는 유양의 생을 봉송하지 않겠다고 선언했다. 하지만 나는 약속을 지키고 싶었다. 떠난다면 내 여권으로 단화를 고향에 돌려보낼 수 있을 터였다. 올 땐 컨테이너선이었지만 돌아갈 땐 비행기에 앉히고 싶었다. 잠시나마 유양이라는 신분으로 내 집 앞에 놓인 립밤의 포장을 풀고, 체취 밴 이부자리에 누워 항공권을 예약하길 바랐다. 이런 마음이 왜 진작 생기지 않은 걸까.

지독스럽게 방어적으로 생을 살았고, 무자비하게 공격적인 사후를 누렸고, 영혼마저 나달나달해진 지금에야 나는 무장을 해제했다. 죽음이 임박해졌다. 그건 누가 알려주어서 깨닫는 게 아니었다. 울 코스 세탁처럼 느리게 느리게, 조심조심 본성이 세탁됐다는 걸 느낄 수 있었다. 생전에도 사후에도 가져보지 못한 감정들이 솟구쳤다. 단화가 가여워졌다. 언니 자연이 그리웠다. 내가 혐오스러운 존재라는 것도 인식했다. 비로소 나는 나와 모두에게 솔직하고 담백할 수 있을 것 같았다. 내 아빠라고 주장하는 미지의 남자에게, 진짜 내 아빠는 내 손에 죽었다는 사실을 알고는 있는지 묻고 싶었다.

2010년 1월, 아빠는 미열과 기침으로 동네 내과의원에 갔다. 함께 가겠다는 엄마에게 "자연이 먹게 누룽지나 좀 끓여놔"라 말하고 돌아서던 아빠의 뒷모습이 아직도 눈에 선하다. 언니 학대 사건이 벌어진 직후여서 아빠는 내게 몹시 매정했다. 크리스마스엔 내게 아무 말 없이 엄마와 언니를 데리고 유성온천에 다녀왔고, 생리혈로 얼룩진 교복 치마를 내 방에 던지며 넌 손이 없어 발이 없어, 사지 멀쩡한 애가 엄마한테 교복까지 빨아 삶으래? 퍼부었다. 언니가 주간보호시설에서 돌아오는 5시면, 한시도 눈을 떼지 않다 내가 말이라도 붙일라치면 너 또 뭐? 목소리에 칼날을 세웠다. 식탁에선 그러고도 너는 밥만 잘 먹네. 샤워를 마치고 나오면, 난 너 쓰는 물도 아깝다. 문제집을 사야 한다고 손을 벌리면, 먼저 인간부터 돼야지. 두려움과 경멸 어린 아빠의 시선이 나를 목 졸랐다.

병원에서 반나절 만에야 돌아온 아빠는 의사가 암 선고하듯 부담스러운 표정으로 "신종플루네요"라고 진단했다 말했다. 링거를 맞고도 해쓱해진 아빠는 다 나을 때까지 격리해야 한다며, 언니에게 옮았을까 봐 전전긍긍했다. 자연 아빠, 자꾸 꿀쩍거리지 말고 방으로 들어가. 애들 아프면 내가 어련히 챙길까. 엄마는 에탄올 적신 거즈로 방문 손잡이를 열심히 닦았다. 이튿날이 되었지만 아빠의 기침 소리는 더 거세졌다. 엄마는 베란다 창고에서 가습기를 꺼내 와 열탕 소독을 했다.

자, 여러분 문제! 계면활성제에는 음이온계가 있고 양이온계가 있다고 했죠. 에이, 처음 듣는 소리처럼 눈이 왜 게슴츠레해. 지난 수업 잘 생각해 봐. 응, 들은 거 같긴 해? 그럼 하나 더 떠올려 보자. 계면활성제 중에서도 살균 기능이 있는 염화벤잘코늄은 무슨 계일까? 다 설명한 건데 아무도 대답 못하네. 한심들 하다. 응? 양이온계다. 그래서 세정제보다는 소독제로 더 많이 씁니다. 상처의 살균에 탁월하니까 기침 나고 멀미 날 때 그걸 흡입하는 게 옳은가, 옳지 않은가? 옳긴 뭐가 옳아! 야, 너희들다 죽었어. 개는 흡입을 하면 폐가 다 망가지는 거야. 이 돌머리들아.

가정 시간에 외워둔 염화벤잘코늄이 떠올랐다. 아빠가 개 번식장에서 입은 상처에 바른 소독약이기도 했다. 아빠가 없는 집은 어떨까. 개 번식장을 팔면 목돈이 생길 터였다. 아빠의 연금과 언니의 장애수당이 있으니 생계가 곤란한 지경은 아니었다. 굳이 따지자면 원래 아빠가 하던 설거지와 빨래 같은 가사를 내가 대신 해야 할 뿐이었다. 모진 말과 경멸 어린 시선을 피할 수 있으니 그 정도는 감수하기로 했다. 엄마가 흰죽을 젓는 사이, 나는 가습기 뚜껑을 열고 소독약을 조금 따랐다. 원액은 누릇한 색이었지만 물과 섞이니 옅어져 눈치채지 못할 정도였다. 자연 아빠, 문 앞에 흰죽이랑 가습기 갖다 놨어. 쇠기침 소리 들으니 사나흘은 더 가려나 보다.

아빠는 나흘 후 을지대병원 응급실에 실려 갔다. 심한 폐렴으로 체온이 40도를 웃돌았다. 의사는 뿌옇게 염증이 번진 폐 사진을 보여주었다. 아빠는 폐에 물이 차고, 몸은 펄펄 끓는데 손가락과 발가락은 얼음처럼 차가웠다. 두 차례나 항생제가 바뀌었다. 언니는 면회를 오고 싶어 했지만 이모의 수선집에 발이 묶여 전화로 울기만 했다. 입원한 지 11일째 되는 날, 번식장 개 몇 마리가 동상에 걸렸다는 연락을 받고 엄마는 내게 간병을 부탁했다. 나는 손수건에 물을 적셔 까맣게 말라붙은 아빠의 입술을 닦아주었다. 아빠가 가느다랗게 눈을 떴다. 나는 미리 물약병에 덜어 온 소독약을 가습기에 조르르 따라 넣고 얼른 마스크를 올렸다. 역시 너구나.

아빠는 혼수상태에 빠졌다. 부종으로 굵직한 주름이 말끔히 펴졌다. 그는 8개월 동안 일반 병실과 중환자실, 임종실을 거쳤다. 장례식장에서 누군가 물었다. 아빠가 의식이 있을 때 마지막으로 한 얘기가 뭐였냐고. 나는 "사랑했다, 내 딸"이었다고 답했다. 일말의 양심이 있어 현재형이 아닌 과거형으로 답한 거였다. 한때의 아빠는 분명 나를 사랑했다. 그의 지갑에 내 증명사진이 들어 있었다. 홈 비디오와 앨범을 살펴보면 나는 늘 아빠와 손을 잡거나 무릎에 앉아 놀았다. 그리도 애틋하던 딸에게 등을 돌린 건 아빠였다. 우리 사이는 그의 주도로 파국에 다다랐을 뿐이었다.

지금에 이르러서야 과거가 후회되었다. 하지만 이미 벌어진 일이었다. 나 역시 그 죗값으로 비참한 죽음에 이르렀으니 서로 비긴 셈이 되었다. 그래도 바뀐 게 있다면 모든 걸 고백할 용기가 생겼다는 거였다. 아빠, 외로워하지 마. 나는 아빠만 죽인 게 아니야.

양의 아버지가 스타렉스 운전석에서 내리던 그때, 강에게서 전화가 왔다. 익호와 양이 차에서 내리길 기다렸다 전화를 받았다.

"목단화 씨는 내가 왜 아직 살아 있는지 궁금하지 않아요?"

살았으니 살아 있겠지, 퉁명스럽게 말하고 싶었다. 죽은 몸에서 영혼이 떠나지 못한 건지, 아니면 의학적으로 기적에 가까운 일이 발생한 건지 알 수 없지만 나는 그의 생존이 마뜩지 않았다.

"내가 서익호에게 그 얘길 할까 봐 겁나는 거죠?"

답하고 싶지 않은 질문에 가장 좋은 대답은 새로운 질문이었다. 강은 자신의 치부를 익호에게 숨겨왔을 터였다. 내게 집착하는 익호가 알게 되면 꽤나 치명적일 만한 이야기였다.

10년 전, 강은 컨테이너선을 기다리던 내게 다가와 대륙어와 한국어, 러시아어를 섞어 말을 걸었다. 너 탑승객이지? 가방 풀어봐. 네 짐 속에 위험한 게 있는지 확인해야 해. 선주가 지시한 일이니까 거절하면 못 태워줘.

가방 안엔 고기칼이 들어 있었다. 내겐 장례용품이었지만 다른 사람들 눈엔 흉기로 보일 만했다. 가보를 빼앗길지 모른다는 생각에 나는 주머니에 든 돈을 몽땅 꺼내 강에게 쥐여주었다.

이게 가진 돈 전부예요. 믿어주세요.

강은 턱을 까딱거리며 돈을 헤아리고는 "이건 이거고."라며 내 가방을 덥석 잡았다. 강이 거구는 아니었지만 대항하기에 나는 왜소했고 너무 겁을 집어먹었다. 그는 으슥한 컨테이너 사이로 나를 끌고 가 가방을 벗겨냈다. 옷가지와 양말을 들춰내자 맨 아래 소가죽으로 감아놓은 고기칼이 드러났다. 그러나 강은 고기칼엔 흥미를 보이지 않았다. 가방을 거꾸로 들어 탈탈 털어냈지만 돈이 될 만한 게 나오지 않았다. 왜 이거뿐이 없어? 티켓, 티켓은 가랑이에 숨겼어? 비로소 그가 찾는 게 돈이 아니라 탑승권이라는 걸 깨달았다.

나는 얼른 겨드랑이 사이에 고기칼을 끼우고 뛰기 시작했다. 강의 말대로 탑승권은 팬티에 달린 지퍼 주머니 안에 있었다. 나는 가장 밝은 곳, 사람이 많은 곳을 찾으려 미로 같은 컨테이너 사이를 이리저리 뛰었다. 하지만 항구를 손바닥처럼 잘 아는 강을 따돌리기란 어려웠다. 그는 맹렬한 속도로 내 뒤를 따라와 엉덩이를 힘껏 걷어찼다. 균형을 잡으려 크게 서너 걸음을 걷다 결국 앞으로 고꾸라지며 손바닥과 뺨이 흙에 쓸렸다. 겨드랑이에 끼운 고기칼이 컨테이너 밑으로 절반쯤 들어갔다.

너만 사연 많고 너만 가여운 줄 알지? 사람 다 불쌍한 거야. 강은 내가 저항하지 못하게 명치를 가격하고 바지를 벗겨냈다.

굶으며 모았구나, 너. 그가 앙상한 내 허벅지를 발로 툭툭 찼다. 분홍색 팬티, 그 앞에 달린 지퍼로 강의 거칠거칠한 손이 다가왔다. 넌 여자니까 또 돈 모으기 쉽잖아. 그가 지퍼를 열고 종이에 코팅을 한 탑승권을 끄집어냈다. 그러곤 뭔가 아쉬운지 몇 번 입맛을 다시다 내 팬티를 벗겨내기 시작했다. 가만있어. 가만, 가만.

고기칼의 손잡이가 컨테이너 바닥 틈 사이로 비쭉 나와 있었다. 하지만 손을 뻗어도 닿을 만한 위치는 아니었다. 어느새 지퍼를 내리고 성기만 바깥으로 드러낸 강이 붉고도 축축한 입술을 벌리며 내 티셔츠를 들췄다. 알았으니, 나 옆으로 좀 옮겨줘요. 바닥에 깨진 유리가 있어.

"익호가 알게 돼 나를 죽이는 것도 괜찮습니다. 실은 그만 살고 싶어요. 나도 아버지처럼 죄가 많아 죽지 않을 뿐, 사는 일이 즐겁진 않았으니까요. 익호는 믿지 않겠지만요."

강의 목소리에 울음기가 묻었다.

"왜 전화했습니까?"

결과적으로 나는 탑승권과 생명을 지켰다. 그리고 강 역시 컨테이너선에 올랐고 아직까지 목숨을 부지해 왔다. 서로의 안부 따위가 궁금할 만한 사이도 아니었다.

"유양의 아버지 유상민에 대해 압니다."

강이 가볍게 코를 들이마시고 말을 이어갔다.

"진짜 이름은 조일성이에요. 나와 유자연이 지낸 한아름공동생활가정에서 만났죠. 진실을 말하고 싶은 변화, 전 이게 우리 같은 사람들의 임종 징후라고 생각합니다."

밖에선 양의 메마른 비명이 들렸다. 이제 제 발로 걸을 수 없을 만큼 쇠약해진 그녀가 마지막 온 힘을 짜내 내지르는 단말마였다. 고개를 돌려 스타렉스를 바라봤다. 후면에 슬로프가 내려와 있었다. 의족으로 걸음이 부자연스러운 남자가 슬로프 위로 휠체어를 밀고 내려왔다.

1이든 1조든 모든 자연수는 양의 실수다. 그걸 수학적으로 이해하는 건 어렵지 않았다. 0보다 크면 양의 실수인 자연수가 되고, 0보다 작으면 음수가 된다. 그건 바뀌지 않는 우주의 법칙이었다. 하지만 대학교수였던 일성은 양의 실수를 마뜩지 않아 했다.

"이승과 저승의 경계를 0이라고 치자고. 그럼 태어난 순간부터 우리는 누구나 자연수가 되는 거야. 세상에 이산화탄소를 뱉는 모든 존재가 양의 실수인 거지. 그래, 나도 아마 1이거나

10이거나 어쩌면 1만쯤의 크기를 가진 인간이었을 거야. 숫자의 크기만큼 먹고 입고 사는 레벨이 결정되고, 직위와 호칭도 달라지겠지. 그런데 지금의 나도 자연수라 할 수 있을까. 없는 것보다 못한 존재도 존재로 쳐주느냐는 거지. 나는 양의 실수가 아니라, 실수로 태어난 음수야."

일성은 설날, 아내와 두 아들을 태우고 귀성하던 길에 졸음운전으로 다리를 잃었다. 소아과 의사이던 아내, 토목건축과 4학년이던 큰아들, 의대에 가려고 재수하던 둘째는 즉사했다. 그뿐이 아니었다. 중앙분리대를 넘어 역주행한 일성의 차는 상견례를 마치고 돌아오는 어느 일가족의 목숨까지 앗아갔다.

"그럼 인간 한 몫을 하면 자연수인지 뭔지가 되는 거 아닙니까?"

원탁 테이블에 모여 원 카드를 하다, 일성의 푸념을 들어주던 강이 나섰다. 그는 일성처럼 후천적 장애인으로 입소했다. 하반신이 없는 데다 몸에 크고 작은 흉터가 많았다. 발음과 억양이 독특해 고향을 물었지만 매번 대답이 달라졌다.

"인간 한 몫이 뭔데요? 여기선 자기 밑 닦는 정도만 돼도 인간 한 몫 아닌가."

희망 없는 조합의 패를 내려놓으며 내가 물었다.

"사회에 일조를 하는 거죠. 우리도 쓰임이란 게 분명 있다니까. 일성 아저씨, 나 의족 만드는 기술이 있어요. 기가 막힌 장인한테 욕먹어 가며 배웠는데 한번 써먹어 봅시다. 멀쩡히 걷게 해줄게."

강의 말에 일성도 패를 내려놓고 쓴웃음을 지었다.

"여기서 의족까지 해가며 꾸역꾸역 살고 싶지는 않네."

강은 옆 테이블을 둘러본 다음 허리를 숙이고 입가에 손바닥을 펼쳐 목소리를 낮췄다.

"그럼 아저씨는 자연이 죽는 걸 지켜볼 거예요? 꾸역꾸역 살아서 목숨 하나 구하면 그게 인간 한 몫 아닙니까."

현기증이 일었다. 그들에게 가족 얘기를 한 게 후회스러웠다.

"자연이 너, 솔직히 복수하고 싶잖아. 못 할 게 뭐 있어?"

나는 그들 앞에서 복수란 단어를 꺼낸 적이 없었다. 매일 저녁 1시간씩 포커 게임을 할 때 동생 양의 이야기를 늘어놓긴 했다. 대대로 교육자 가정인 일성의 남동생도 사기 전과 6범이라는 말을 들으며 맞장구치듯, 위로하듯 양의 존재를 알렸다. 그래 봐야 철없던 시절 저지른 에피소드 몇 개가 다였다.

"나 그런 생각 한 적 없어요. 다 지난 일이고……."

내가 말끝을 흐리자 이번엔 일성이 손을 모아 목소리를 낮췄다.

"넌 장 팀장이란 사람 말은 왜 안 믿어? 동생이 아버지를 살해했다고 고백했다며."

 일성의 말에 얼굴이 후끈 달아올랐다. 며칠 전, 장우연이라는 사람이 명함을 들고 찾아와 면회한 일이 있었다. 그는 양이 아닌, 생전 처음 보는 나를 걱정했다.

 저도 유 대리가 왜 그런 얘길 했는지 모르겠어요. 몇 년간 카풀을 하다 보니 유 대리 딴엔 친밀하게 느껴졌나 봐요. 같이 산책하고 밥 먹고, 뭐 저도 싫지는 않았어요. 엄밀히 따지자면 조금은 끌렸던 거 같고요. 맹세코 거기까지였어요. 서로 지켜야 할 선을 확실히 인지하고 있다 믿었거든요. 그런데 어느 날부턴가 유 대리가 감당할 수 없는 말들을 쏟아냈어요. 마치 결혼을 하루 앞두고 그간 쌓아놓은 빚과 엉망진창으로 살아온 부모의 실체를 고백하는 치졸한 인간처럼 뻔뻔하게 털어놨다고요. 전 언젠가 유 대리가 당신을 해칠 거라고 생각해요. 확신합니다. 동생이 보낸 물건들은 아무것도 쓰지 마세요. 영양제가 됐든, 화장품이 됐든 모두 의심하세요. 아버지처럼 당하지 말라고요.

 그때 알람이 울렸다. 포커 게임을 멈추고 각자의 방으로 돌아가 잠들 시간이었다.

 "남의 말을 어떻게 믿어요. 양이가 그럴 애는 아니야. 정말 아니야."

 수면 양말과 헤어밴드를 부탁했지만 양은 매달 향이 같은 디퓨저만 보내왔다. 우연의 말을 들은 뒤론 한 번도 마개를 열어본 적이 없었다. 아닌 척했지만, 그의 말에 나도 흔들리고 있었다.

우리의 대화는 그로부터 한 달 후 이어졌다. 엄마의 갑작스러운 장례와 삼우제를 치르고 돌아온 뒤였다.

"일성 아저씨, 아직도 인간 한 몫 하고 싶어요?"

코로나19에 감염된 엄마는 목소리에 힘이 없었지만 나와 자주 통화했다. 나을 만하면 기침이 도지고 나을 만하면 또 도진 게 보름째야. 그제는 네 이모가 콩죽을 쒀서 문 앞에 놓고 간 걸 들고 올 힘이 없어 누워 있는데 양이가 왔더라. 자긴 백신 맞아서 괜찮다고. 별일이다 싶었지. 나 죽 떠먹이고 가습기 틀어주고 새 내복까지 갈아입히더니 온다 간다 말도 없이 쓱 사라졌어. 어휴, 코가 다 망가졌는지 공기 냄새도 쓰다. 자연아, 나 끊을게. 숨차, 오한도 든다.

다시 엄마에게 전화를 걸었지만 받지 않았다. 뒤늦게 이모와 연락이 닿았다. 엄마는 죽기 싫으니 절대 병원만큼은 가지 않겠다며 버럭 역정을 냈다. 엄마, 우리 엄마 최정숙이 병원에 실려 간 건 이미 심장이 멎고 몸이 뻣뻣하게 굳은 이튿날이었다. 이모는 가뜩이나 심약한 내가 크게 상심할 게 걱정돼 양에게 먼저 연락했다. 이모, 저 엄마네 집이에요. 묵은 빨래가 많아서 돌리는 중이에요.

"나중에 엄마 집에 가보니 빨래는 그대로인데 가습기만 사라졌더라고요."

일성은 쓰고 있던 안경을 벗고 입으로 허, 소리를 내며 고개를 젖혔다.

"인간 한 몫, 하고 싶다. 아무래도 나는 그 쓸모로 태어난 사람 같구나."

이튿날 강은 일성의 치수를 재고 하지 말단의 본을 뜬 다음, MRI 자료까지 챙겨 퇴소했다.

"의족 만들러 떠나는 거예요? 작업실이라면 원장한테 부탁해 빈 창고 써도 되잖아요."

마음이 편치 않았다. 말이 의족이지, 그걸 복수의 도구로 사용하는 셈이니 무기와 다를 바 없었다. 나 한 사람을 위해 몸이 불편한 두 사람이 희생을 감수하고 있었다.

"난 그렇게 좋은 사람이 아니에요. 언제나 내가 유리한 선택만 해왔죠. 그러니 마음 쓰지 말아요. 시간이 좀 걸릴 겁니다. 내가 살던 곳에선 이런 속담이 있어요. '복수는 머리카락이 발꿈치에 닿을 때까지 기다려야 한다.' 의족에 적응하려면 아무리 짧게 잡아도 1, 2년은 걸릴 거예요. 그때 기별할게요."

"자기 일도 아닌데 이렇게까지 애쓸 필요 없어요."

나는 떠나겠단 강을 만류했다.

"아뇨, 내 일이기도 해요. 어떤 사람에게는 이게 내 간곡한 사죄고, 어떤 사람에게는 처절한 복수이기도 하거든요. 숙제가 끝나면 나도 편해지겠죠."

강은 어디로 간다는 말도 없었고, 연락처도 남기지 않았다.

5주 뒤 일성 앞으로 새 의족이 도착했다. 착용 방법과 사용법이 제법 도톰한 연습장 한 권에 상세히 적혀 있었다. 일성이 새 의족에 적응해 제법 걸음이 자연스러워졌을 때까지도 강은 조용했다. 나는 어쩌면 그가 죽었을지 모른다는 생각을 했다. 유리한 선택이란 게 불리한 육체를 탈출한다는 의미라면, 모든 게 들어맞았다.

강이 떠나고 포커 멤버가 순정이라는 할머니로 바뀐 뒤, 게임 규칙을 설명하는 데 실패해 우린 TV 드라마를 봤다. 다른 드라마에선 연쇄 살인마로 출연한 배우가 이번엔 재벌씩이나 돼서 사랑에 목매는 배역으로 돌아왔다.

"강이한테서 연락이 왔다."

의족에 익숙해진 일성은 이제 시설에 머물 이유가 없었지만, 이동 차량 봉사자로 남았다.

"뭐래요?"

"머리카락이 발꿈치에 닿았다는구나. 내일 만나기로 했어. 네가 가진 자료들을 가져오라고 하네."

엄마가 살던 아파트를 세놓으며, 안방 장롱 안에 든 금고를 발견했다. 금고의 비밀번호는 단순했다. 양을 뺀 우리 가족 모두가 핸드폰 뒷자리로 쓰는 1654였다. 안에 든 건 금붙이나 땅문서가 아닌 가족의 비밀이었다. 엄마와 아빠가 양이 벌인 일들을 뒷수습하며 알아본 피해자들의 신원과 그들을 만나 받은 진술서, 비밀유지 각서 따위였다.

"구체적으로…… 우리 양이를 어떻게 할 건지 물어봐 주세요."

흠씬 두들겨 패서 다시는 내 곁에 접근하지 못하게 만들 건지, 정신병원 폐쇄병동에 입원시켜 새로운 피해자 발생을 멈출 건지. 아니면, 아니면, 아니면.

"새 사람으로 만들어 준다고 하더라."

그 말을 이해하기까지 1년의 시간이 걸렸다. 나는 일성으로부터 목단화라는 여자의 사진을 전해 받았다. 양과 닮은 여자, 나 또한 닮은 여자, 강을 죽일 뻔한 여자라고 했다.

"아무리 생각해도 이상해. 강은 왜 자길 죽이려고 한 여자를 구해줄까?"

일성이 내게 물었다. 어떤 이유로 여자에게 죽임당할 뻔했는지는 알 수 없었다. 하지만 나 역시 자신을 죽이려 한 여자에게 새로운 신분을 만들어 주려는 강의 마음이 이해되지 않았다.

"전에 이 일이 자기한테도 속죄와 복수란 말을 했어요. 원수에게 속죄하진 않을 테니 복수겠죠. 가장 간절한 걸 눈앞에 던져주고 빼앗아 버리는 것만큼 잔인한 게 없으니까."

내 대답을 들은 일성은 느닷없이 눈물을 터뜨렸다. 왜 우는지 묻지 않았다. 일성에게는 복수할 대상이 없었다. 양수로 태어난 음수인 자신을 알뜰하게 소모해 0에 수렴되기만을 바라야 했다. 이 일이 끝나고 나면 일성은 미련 없이 음의 세계로 떠나버릴 것이 분명해 보였다. 우주의 법칙을 거슬러 아득히 먼 세계로.

부패액이 마르며 뻣뻣해진 후드 티셔츠가 무거웠다. 익호가 뒷좌석 문을 열어주었지만 다리가 말을 듣지 않았다. 그의 손에 이끌려 차 밖으로 나서자마자 보도블록에 고꾸라졌다. 바지 아래로 드러난 내 정강이는 어린 시절 외갓집 방문 위에 걸린 통북어 같았다.

"이으켜 주어."

바싹 마른 혀를 달래 겨우 다섯 음절을 발음했다. 익호 대신 걸음이 조금 부자연스러운 남자가 휠체어를 끌고 내게 다가왔다. 그는 많이 해본 솜씨로 나를 가뿐히 들어 휠체어에 앉히고 벨트를 묶어 넘어지지 않게 고정했다. 깔끔한 대머리에 희끗한 턱수염을 기른 남자가 내 얼굴을 빤히 들여다봤다. 남자는 내 아빠가 아니었다.

"자매라 많이 닮았구나."

그가 내 턱을 들어 정면을 바라보게 했다. 연한 자주색 패딩 점퍼에 회색 트레이닝 바지를 입은 언니가 자꾸 꺾이는 고개를 곧추세우려 인상을 쓰고 있었다.

"언니가 왜……, 어떠해……?"

왜와 어떻게 사이는 언니와 나처럼 아득히 멀었지만 반드시 한 세트였다.

"원래 혀를 베는 건 낡고 익숙한 잔이지."

익호가 주절거렸다. 그 역시 자신이 속아 넘어갔다는 걸 몰랐는지 진 빠진 표정이었다.

"엄마는 건드리지 말았어야지."

언니는 느리지만 평소보다 정확하게 발음했다. 엄마, 엄마를 죽인 일이 내 종말의 시작이었구나. 그때부터 나는 서서히 죽기 시작했구나. 부패의 씨앗이 거기서 자랐구나. 속으로 되뇌었다. 변명의 여지 없는 악행이었다. 하지만 그 시절의 내게는 어쩔 수 없는 일이기도 했다. 가장 잘하는 걸 결과물로 증명하고 싶었으니까.

겨우 한 캔이지만 도저히 끊어내지 못한 알코올중독은 엄마로부터 기인했다. 처녀 시절부터 중독자였던 엄마는 언니를 낳고도 몰래 술을 마셨다. 습벽을 아는 사람은 나밖에 없었다. 갑작스럽게 생리가 시작돼 안방 욕실에서 탐폰을 찾던 어느 새벽이었다. 곤히 잠든 엄마가 깨지 않게 욕실 수납장을 열었다. 강한 알코올 냄새가 훅 끼쳤다. 냄새는 포장지를 벗겨낸 탐폰 3개가 담긴 유리잔에서 풍겼다. 분명 유리잔 안엔 술이나 알코올 같은 액체가 없었지만, 속이 울렁거릴 만큼 냄새가 지독했다.

나는 유리잔에 담긴 탐폰 하나를 꺼냈다. 외통과 내통이 그대로이니 아직 사용하지 않은 모양새였다. 그런데 내통 안에 든 흡수체가 땅땅하게 부푼 게 이상했다. 탐폰에서 흘러나온 맑은 물이 손가락을 타고 흘렀다. 술을 가득 담은 컵에 탐폰 3개를 담가놨다는 얘기였다. 그때 엄마가 선생님, 다시 작성해 주세요. 죄송합니다, 죄송합니다. 잠꼬대를 했다. 나는 황급히 욕실을 나서 방으로 돌아왔다. 이튿날, 그 이튿날도 엄마의 욕실 수납장엔 3개의 알코올 젖은 탐폰이 놓여 있었다. 나는 세면대 아래 쓰레기통 뚜껑을 열었다. 핏기라곤 찾아볼 수 없는 탐폰 수십 개가 들어 있었다.

엄마는 입이 아닌 곳으로 술을 마셨다. 소화기관을 거치지 않으니 살이 찔 염려도 없고 몸에서 술 냄새가 풍기지도 않았다.

남의 눈치를 볼 필요 없이 언제 어디서나 취할 수 있었다. 그러고 나자 엄마의 기이한 말이 이해됐다. 양아, 엄마는 맨정신으로 너를 못 견디겠어.

엄마의 주사는 살림이었다. 퇴근 후 집에 돌아오면 맹렬하게 요리와 청소를 하고 언니를 빠드득 소리 나게 씻겼다. 꼬막 껍데기 요철을 이쑤시개로 호벼 파고, 아직 말끔한 가스레인지 후드를 분해해 철 수세미로 문질렀다. 늘 발그레 상기된 뺨, 거친 손놀림, 작은 일에는 크게 놀라고 큰일에는 어눌해지는 목소리와 짜증이 이해됐다.

엄마도 언니를 학대했다. 취해서 비틀거리다 언니가 앉은 소파로 나자빠지고, 뜨거운 국그릇을 던지듯 내려놓아 가슴과 배에 화상을 입히고, 까무룩 잠이 들어 시설에서 돌아온 언니를 문앞에 2시간이나 세워두었다. 의도했느냐 하지 않았느냐의 차이일 뿐, 언니에게 엄마와 나는 유사한 모양의 상처를 남겼다.

언니는 내가 하이퍼디자인에 취직했을 즈음 자발적으로 시설에 입소했다. 잔뜩 취해 민원인의 얼굴에 볼펜을 내리찍은 엄마는 정직 처분을 받았다. 그때부터 엄마는 혀 꼬부라진 목소리로 내게 뜬금없는 전화를 했다.

넌 체질적으로 몸이 차서 돼지고기 안 맞아, 닭이나 소를 먹어. 이제 와 왜 이런 참견을 하는 건지 이해할 수 없었다. 남자

한텐 멘솔 담배가 몸에 더 해롭대. 흡연자가 아닌 걸 알면서도 엄마가 말했다. 도대체 대통령이란 자가 왜 그러는지 모르겠다, 증말. 종잡을 수 없는 첫마디에 질려갔다. 그러던 어느 날 엄마가 나를 움직였다. 우리 작년 여름에 나부해변 놀러 가서 내 지갑 잃어버린 거 생각나? 루이까또즈였는데. 난 기억도 나지 않는 일이었다. 아마도 언니의 입소와 엄마의 수술이 결정된 직후 파계를 찾아왔을 때 일인 모양이었다. 엄마, 루이비통도 아닌데 누가 주워 가. 돈만 뽑고 버렸을 거야. 내 대답에 엄마는 머뭇거리다, 그래도 네가 한번 가보면 안 돼? 난 그거 누가 찾아서 다시 돌려줄 것만 같아.

그랬다. 처음 나부해변 무릎바위를 찾게 된 건 엄마 때문이었다. 해변을 걷다 무릎바위에 올랐고 그 아래 고인 물속에서 정말 엄마의 지갑을 발견했다. 현금 7만 3천 원과 농협카드, 오케이캐시백 카드가 든 그대로였다. 등줄기가 오싹했다. 엄마가 뜻 없이 내뱉었다고 생각한 말들이 실은 전부 이뤄지고 있는 게 아닐까 되짚었다. 그러고 보니 지지난주에 돼지불백을 먹고 설사를 했지, 장 팀장은 멘솔 담배를 피우는구나, 엊그제 대통령이 계엄령을 선포했네. 각자 기원이 다른 사건들인데 어쩐지 전부 엄마의 말에서 싹이 튼 것만 같았다.

나부해변을 나와 엄마에게 전화를 걸었다. 꼭 묻고 싶은 게 있었다. 엄마, 나 나중에 어떻게 살 것 같아? 나는 물이 뚝뚝 떨어지는 엄마의 지갑을 들고 해변 버스 정류장에 섰다. 빈말이라도 "너야 잘 살지. 엄만 걱정 안 해."라는 대답을 기대했다. 11번 버스가 멈춰 서고, 맨 끝자리를 찾아 앉을 때까지 엄마는 말이 없었다. 버스 승객은 나 한 사람뿐이었다. 산업단지의 간판들을 읽으며 엄마의 대답을 기다렸다. 대원케미칼, 현대유통, 파계유리샷시, 평화자원⋯⋯. 아마 천벌받겠지. 양아, 난 인과응보가 있다고 생각해. 나는 차창을 열고 엄마의 지갑을 던졌다. 그녀가 바라는 대로 지갑이 고이 돌아가게 놔둘 수 없었다.

결과적으로 엄마는 지갑을 돌려받았다. 친절한 누군가가 산업단지 초입에 떨어진 낡은 지갑을 주워 우편함에 넣은 모양이었다. 그걸 알리는 엄마의 목소리는 흥분되어 있었다. 내가 뭐랬어, 누가 찾아서 돌려줄 거 같댔잖아. 양아, 아직 살 만한 세상이다.

나는 엄마가 저승사자처럼 무서웠다. 그래서 명절이나 가족 생일에도 약간의 용돈만 입금하고 아프거나 바쁘단 핑계로 파계시에 붙어 있었다. 우연이 곁에 있어 외롭지 않았다. 나는 정교하게 만든 파텍 필립 모조품을 그에게 선물했다. 잘 어울릴 거 같아 샀다고 말하기는 어쩐지 부끄러웠다. 모조품이지만 80만 원이나 줬다고 덧붙이기도 싫었다. 그래서 나부해변 무릎바위 얘기를 꺼냈다.

우리는 매일 만났고 매주 나부해변을 걸었다. 장 팀장님은 인과응보 믿으세요? 소용돌이치는 무릎바위 아래 물결을 들여다보며 내가 물었다. 그런 거 안 믿어요. 인간은 모두 공평하게 악하다고 생각하거든요. 개중엔 상상을 실천하는 사람도 있을 뿐이죠. 따돌림당하던 중학교 때 내 꿈이 뭐였는 줄 알아요? 서른 살이 되면 내게 크고 작은 수치를 준 사람, 그걸 목격한 사람, 동조하거나 방관했지만 여전히 기억하는 사람들을 찾아가 방아쇠를 당기는 거였어요. 서른 살이 넘었지만 그 마음은 달라지지 않았어요. 오히려 죽이고 싶은 사람이 더 많아졌죠. 내 급식판을 고의로 엎은 애와 그 애를 죽이겠단 마음을 아직 간직한 나, 누가 더 악한 어른이 된 걸까요. 그 행동으로도, 이 마음으로도 벌받은 사람이 없으니 인과응보도 없어요.

우연은 아무도 용서하지 않았고, 용서받을 생각도 없었다. 그는 내가 어떤 부류인지 오래전부터 알고 있는 사람 같았다. 동질감이 생기자 나는 조금 더 솔직해졌다. 급식판을 엎은 아이와 다를 바 없는 과거를 하나둘 털어놓았다. 그걸 들어주는 우연의 표정은 이따금 소용돌이쳤지만 늘 "충분히 이해합니다"로 매듭을 지었다. 그러니 어떻게 그를 사랑하지 않을 수 있었을까.

하이퍼디자인을 그만두기 직전, 우연과 마지막으로 나눈 대화는 아빠 얘기였다. 목덜미로 쏟아지는 따가운 볕을 느끼며,

나는 아빠가 얼마나 내게 모진 사람이었는지 조곤조곤 설명했다. 어린 마음이었지만 안 되겠다, 정말 이렇겐 못 살겠다 싶어서 아빠를 죽이기로 했어요. 그 말에 무릎바위를 들여다보던 우연이 퍼뜩 고개를 들었다. 그래서요? 그가 물었다. 뭘 그래서예요. 실행했죠. 아빠 개 번식장에서 가져온 동물 마취제가 있길래 입원했을 때 링거에 꽂았어요.

왜인지 내 입에서 태연한 거짓말이 나왔다. 어디서나 흔히 구할 수 있는 소독약으로 천천히 숨이 막혀 죽게 내버려뒀다고 말하면 너무 심심하고 뻔한 수법으로 들릴 것 같아 각색을 했는지도 모른다. 우연은 자리를 털고 일어섰다. 인파를 헤치고 주차장으로 돌아가는 그를 정신없이 따라갔다. 내가 그렇게 나빠요? 팀장님은 급식판 엎은 동급생도 죽이고 싶어 하잖아요. 난 정서적 고아였어요. 그 사람은 내 아빠가 아니야!

하이퍼디자인에서 떨려난 뒤에도 나는 자동차를 렌트해 아침과 저녁, 주말의 우연을 뒤쫓았다. 그러길 석 달, 그는 언니가 사는 한아름공동생활가정을 찾아갔다. 무슨 애길 했는지 몰라도 면회를 마치고 나온 우연의 표정이 어두웠다. 그날 저녁, 언니는 디퓨저 좀 그만 보내달라고 전화를 했다. 뭔가 눈치를 차린 것 같았지만 헛다리였다. 그녀에게 보내준 디퓨저는 내 손을 거치지 않은 새것이었다.

나는 서둘러 대전으로 내려갔다. 조만간 우연이 엄마를 찾아와 위험을 경고할지 몰랐다. 그에게 내가 그리 만만한 사람이 아니라는 걸 보여주고 싶었다. 당신은 그저 꿈만 꾸는 일이지만, 나는 너끈히 실행할 수 있는 사람이란 걸 증명할 마음이었다. 식은 콩죽이 매달린 현관문을 열고 들어가 끙끙 앓는 엄마를 끌어안았다. 얘, 이모가 전화했구나? 오늘은 좀 나아. 저리 가, 옮을라.

내게 천벌받을 거라던 엄마는 아픈 몸으로 냉장고를 열어 사과와 배를 꺼냈다. 엄마, 꺼내지 마. 나 안 먹어. 나는 서둘러 집안 청소를 하고 새 내복을 입힌 다음 가습기를 소독했다. 너 왜 안 하던 짓을 해. 쉰 목소리로 꿈적거리며 내 뒤를 쫓는 엄마에게 제발 좀 누워 계시라고 훈계했다. 그래도 너 있어서 낫다. 자연이, 네 언니 버리지 마. 이제 세상에 너희 단둘이야. 엄마는 곧 죽을 사람처럼 말했다. 창고에서 소독약을 꺼내 넉넉히 섞은 다음 엄마의 머리맡에 놓아주었다. 엄마, 잠결에라도 이거 끄지 마. 알았지? 나는 엄마의 욕실 수납장을 열어 알코올 머금은 탐폰을 꺼내 그녀의 항문에 넣어주었다.

그 이튿날 우연의 차가 대전으로 향했다. 거기서 무슨 말을 해도 상관없었다. 엄마는 이미 쇠약해질 대로 쇠약해졌으니까. 길면 사나흘, 짧으면 오늘내일이었다. 아주머니, 걱정돼서 그럽니다. 절대 입원하지 마세요. 유 대리라면 무슨 짓을 할지 몰라요. 아마 그런 얘길 하고 돌아섰을 터였다. 그러니 엄마는 병원 응급실이 아닌 말라붙은 가습기 옆에서 죽었겠지.

"엄마는 그 사람한테 진술서만 받고 돌려보냈어. 신고할 생각이면 나한테 말했겠지. 우리 모두가 너의 피해자니까. 부모님은 널 용서하지 않았지만 보호할 생각은 있었던 거야. 너 같은 걸 낳은 죄로 받는 벌."

언니는 저 말을 몇 번이나 연습했을까. 얼마나 뇌고 뇌고 또 뇌었으면 비장애인만큼이나 또렷하게 전달할 수 있는 걸까.

"왜 놀라지 않는 겁니까? 시체든 산송장이든, 자기 핏줄인데 너무 담담하군요."

익호가 내 휠체어를 언니 방향으로 밀며 걸어갔다. 팔짱을 끼고 지켜보던 남자가 손을 뻗어 그만 다가오라는 시늉을 했다.

"전해 들은 거죠?"

익호의 시선이 스타렉스 옆면에 페인팅된 한아름공동생활가정에 꽂혔다.

"강은 언제나 유리한 선택을 하는 사람이죠."

남자가 언니 몫의 대답을 가로챘다. 그는 강이란 사내가 모든 일을 설계하고 예견했다고 말했다. 이렇게 입이 싸도 되나 싶을 만큼 자세히 지난 일들을 설명했다.

"중세 유럽에선 기요틴으로 목이 잘린 죄인의 시체를 땅에 묻은 뒤 쇠꼬챙이를 빽빽하게 찔러뒀다고 하더군요. 죄가 많은 자는 종종 되살아났기 때문이랍니다. 아직도 핼러윈에 자신의 잘린 목을 들고 다니는 코스튬이 남아 있으니, 없는 얘기는 아닐 겁니다."

아침 햇살에 익호의 동공이 쪼그라들어 옅은 모래색 눈동자만 남았다. 그가 선글라스를 꺼내 썼다.

"강한테 전해주세요. 이런 바보 같은 짓으론 누구에게도 복수할 수 없다고요. 그 친구 업장은 이제 목단화에게 넘어갈 겁니다. 아니, 유양으로 살게 됐으니 유양 거죠. 대체 뭘 얻자고 이런 짓을……."

익호가 코트 안주머니에서 일회용 메스를 꺼내 손잡이를 결합했다. 니트릴 장갑을 낀 다음 내 손을 가져가 엄지부터 하나씩 끊어내기 시작했다.

"아직 모르겠어요? 강이 무슨 복수를 하려는지?"

언니가 물었다. 그녀의 시선이 하나둘 사라져 가는 내 손가락에 애처롭게 꽂혔다.

"궁금하지 않습니다. 나도 내게 유리한 선택만 하는 사람입니다. 지금 이 순간의 난 집행자일 뿐이에요. 돈을 받고 프로세스에 따라 행위를 이어가면 그만이죠. 강이 무슨 꿍꿍이인지, 이 여자가 죽든지 말든지 상관없어요. 어서 이 일을 끝내고 싶군요."

익호의 말에 공감했다. 나 또한 내게만 충실한 사람이었다. 모든 문제와 상황을 내게 유리한 방식으로 해석하고 매듭지어 왔다. 대개는 회피였지만 이따금은 살인이 되기도 했을 뿐이었다. 세탁된 마음을 누군가는 알아봐 주면 좋을 것 같았다.

"후회하니?"

언니의 얼굴이 울 것처럼 달궈졌다. 군데군데 얼룩졌지만 거의 하얘진 내 마음을 그녀만이라도 기억해 주길 바랐다.

"어."

더 긴 대답을 해주고 싶었지만 이게 최선이었다. 이미 선량하고 다정한 사람들이 내가 해야 할 말을 오래전에 내게 말해줬다. 말하지 않아도 언니라면 익히 알고 있을 그런 것들이었다.

양아, 좋은 사람은 언제든 지금 이 순간 가장 약한 사람을 걱정해. 셋방에 불이 나면 집주인이 아니라, 그 집에 세 살다 고아가 된 어린아이가 약자인 거지. 그래, 난 지금 자연이가 아니라 네 걱정을 하고 있어. 죄를 지었으니 지금 얼마나 겁나겠니. 선생님은 네가 좋은 사람이 될 수 있다고 믿어. 그때 서우림아파트 한번 놀러 와. 어머, 너 지금 나한테 침 뱉은 거니?

야, 유양. 나 박준열이다. 지금은, 아직 학생이니까 너 이러고 다니는 거 다 용서받는 거야. 근데 어른 돼서도 달라지지 않잖아? 그때부턴 범죄자가 돼. 뭐, 죄 없는 사람이 어딨냐고? 보통 사람은 말야, 평범한 인간은 부끄러움을 알아. 넌 그게 없어. 숨기면 그만이고 내빼면 장땡인 줄 알지. 근데 끝은 있다, 분명히 있다. 너 불편할까 봐 전화 많이 망설였는데, 자연이 생각해서 용기 낸 거야. 나…… 나 걔 진짜 좋아했거든. 너 웃었어? 내 마음이 우습니?

유 대리, 멈춰요. 자수하란 말이 아닙니다. 요동치는 마음을 잠재우란 거예요. 나처럼 상상만 해요. 머릿속에 든 생각을 실천만 하지 않으면 우린 모두 안전할 겁니다. 당신한테도 좋은 점이 많아요. 코딩을 할 줄 아는 디자이너가 개발자에겐 얼마나 고마운지 알아요? 유 대리의 작업물은 항상 친절해요. 사무실 고무나무가 죽지 않는 것도, 종이컵이 바닥나지 않는 것도 유 대리가 지켜보고 있기 때문이잖아요. 세심하고 따뜻한 사람인 거 압니다. 그러니 멈춰요. 네? 방금 내게 욕한 겁니까? 믿을 수가 없군요.

"언니…… 나 죽고……."

언니, 나 죽고 싶어. 말을 맺지 못한 채 턱관절이 움직이지 않았다. 아무리 생각해도 내게 죽음은 구원이었다. 끝없이 메아리치는 죽은 사람들의 목소리를 음 소거하고 싶었다. 뻣뻣한 육신을 빠져나와 빛의 세계로 넘어갈 수만 있다면.

"알아. 나도 내 몸에서 해방되고 싶었거든."

언니는 미간을 조금 찌푸릴 뿐 울음을 터뜨리지 않았다.

자꾸 기우는 시선에 비문증처럼 하얀 멍울이 어룽거렸다. 멍울은 점점 환하게 빛을 냈고 마침내 아름다운 촉수를 폭죽처럼 터뜨렸다. 내 소원이 이루어지는 모양이었다. 어제 나부해변에서 본 사자가 돌아왔다. 촉수가 내 얼굴을 부드럽게 감싸 들어올렸다. 언니도, 아빠 역할을 맡은 남자도, 익호도 보이지 않았다. 그저 눈부신 사자만이 온 하늘에 너울졌다. 달처럼 크고 뽀얀 몸체에서 흐릿한 이목구비가 보이기 시작했다. 천천히 사람의 형상이 드러났다. 이마에 흐르는 불긋한 핏자국, 가늘고 옅은 눈썹, 처연하게 긴 눈꼬리, 흐릿한 입술과 야윈 뺨이 서서히 선명해졌다. 단화였다.

"유양 씨, 미안합니다. 많이 고통스럽지 않게 떠나길 바라요."

파도 소리가 들렸다. 바람결에 바다 비린내와 생선 썩는 냄새가 실려 왔다. 분명 휠체어에 앉아 있었는데 차갑고 축축한 모래가 손에 만져졌다. 목덜미에서 뜨거운 피가 울컥 솟아났다. 고통에 몸이 뒤틀어졌다. 이제 나는 내가 왜 죽어야 하는지 알게 되었다. 하지만 숨이 끊어지지 않았다. 몸에 힘을 풀고 모래밭에 누워 하염없이 피를 흘렸다. 또다시 너풀너풀 무명천 같은 촉수가 내 몸을 휘감았다. 그때 단화가 내 얼굴 위로 핸드폰을 들이밀었다.

하아, 단화 씨. 나를 무릎바위에 던져줘요. 거기라면 나를 아주 먼 다른 곳으로 보내줄지 몰라. 캘리포니아 해변이 됐든 바투미 흑해가 됐든 상관없어요. 여기만 아니면 돼.

찰칵, 셔터 소리와 함께 플래시가 터졌다. 잠시 세상이 암전되었다. 툭툭, 심장이 다시 뛰고 매서운 겨울바람이 목덜미와 종아리를 파고들었다. 시야가 다시 틔었다. 오렌지색으로 물든 바다가 보였다. 누군가 내 뒤를 쫓는 게 느껴졌다. 무릎바위가 서른 걸음쯤 남았을 때 고개를 돌렸다. 오른손에 회칼을 든 단화가 하얀 입김을 뿜으며 내게 달려들었다.

"왜……?"

왜 이 순간이 반복되는 건지 묻고 싶었다. 하지만 답은 이미 알고 있었다. 여긴 양의 영역에서 밀려난 인간들이 머무는 음의 세계였다. 그리고 이건 형벌이었다. 어제의 오후는 끝나지 않을 터였다. 죽음은 구원이 될 수 없었다. 아무리 하얘져도 순백은 아닐 테니까. 이 해변에서 나는 끊임없이 죽임당하고 되살아나며 영겁의 세월을 보내야 할지 몰랐다. 돌이켜 보자. 정말 어제가 처음이었던 걸까. 나는 몇 번을 더 죽어야 나부해변을 벗어날 수 있을까. 단화가 내 얼굴 위로 핸드폰을 들이밀었다. 찰칵, 셔터 소리에 맞춰 웃어주고 싶었다.

나는 익호가 양의 손가락을 똑똑 끊어내는 동안 조용히 K5를 뛰쳐나왔다. 내 앞에서 죽겠다는 익호의 말이 진심인 것 같아 두려웠다. 백번 양보해 양의 죽음은 내 정체성의 발현이라고 합리화할 수 있었다. 하지만 가보인 고기칼로 익호를 살해하려던 행동은 무엇으로도 설명할 수 없었다. 그 순간만큼은 살의가 뚜렷했다. 그가 죽으면 나는 어떤 변명도 통하지 않는 살인자가 되어버릴 터였다. 나는 긴 시간 양을 학습했지만 전혀 다른 사람이고 싶었다. 내 아이는 살인자가 아닌 개척자의 자식이어야 했다. 피 묻은 쥐색 코트를 벗어 거리의 의류 수거함에 욱여넣었다. 치킨 포장 비닐을 주워 돈이 든 비타500 상자, 고기칼을 담았다. 유양으로 살아갈 순 없게 됐지만 인간사 대개의 일은 돈 아니면 칼로 해결이 된다.

"당신이 찔렀던 부위에서 다시 피가 흐릅니다."

강은 전화를 끊지 않고 자신의 임종 증상을 띄엄띄엄 말했다.

"내 잘못이 아니잖아요."

"물론 잘 압니다. 난 항구에서 죽었어야 해요. 다시 거기로 돌아가고 싶어요. 당신을 만나더라도 외면하고 고철을 주워 시장으로 돌아갔다면."

나도 그도 돌아갈 수 없었다. 강은 곧 죽을 테고, 익호는 피를 콸콸 흘리며 나를 찾아 대륙과 환족 마을을 휘저을 거였다. 그의 손이 닿지 않는 곳에서 나는 새로운 부족을 만들고 이끌어야 했다. 지금은 나 한 명이지만 머지않아 둘이 될 테고, 자손이 번성하면 우린 낯선 땅에서 흐주깐을 키우게 될지 몰랐다. 그러려면 파계시를 떠나야 했다. 나는 도로로 한 걸음 내려와 손을 흔들어 택시를 세웠다.

"목단화 씨가 내 시체를 수습해 줘요. 당신들 방식으로. 그럼 버튼을 누를게요."

자꾸 행선지를 묻는 운전사의 말에 답을 하지 못했다.

"버튼?"

강은 헉헉헉 숨을 몰아쉬다 잠시 멈추고, 다시 허억 깊은 숨을 내쉬었다.

"난 오직 익호만 증오합니다. 그놈에게 잡아먹혀 죽었으니까요. 당신을 원망한 적 없어요. 오히려 어떻게든 사죄하고 싶었죠. 내 터전에 와서 살아도 돼요. 거길 아는 사람은 한 명인데 곧 사라질 테니까."

강은 매일 밤 익호에게 잡아먹히는 꿈을 꿨다고 했다. 꿈의 배경은 언제나 더러운 컨테이너 안이었다. 허벅지를 더듬는 익호의 손과 뜨거운 입김, 차가운 잭나이프의 감촉이 생생했다.

하체를 다 먹어 치운 다음엔 상체, 그리고 무른 인대와 관절, 안구, 두피까지 벗겨냈다. 비명을 지르면 혀까지 잘라낼까 두려워 입을 다물고 말았다. 강이 수천 번의 악몽을 버틸 수 있었던 건, 마지막 순간까지 자신을 고깃덩어리 취급하지 않는 나의 시선 때문이었다고 했다.

"아이참. 갈 거요, 말 거요?"

운전사가 출발을 보챘다.

"뭘 고민합니까. 모두들 죽었어요. 익호는 컨테이너에서 날 먹은 모든 사람을 찾아가 목숨을 끊어놓았습니다. 명분 없이 살인을 했다고요. 살아남은 건 나와 당신뿐이에요. 유양과 익호가 과연 다른 사람일까요? 나는, 나는 다른 사람이고요? 우리 중 꼭 한 명만 살아가야 한다면 목단화 씨예요. 우린 모두 음의 세계로 떠나는 게 맞아요. 양의 세계에서 살아갈 자연수는 당신입니다."

이제야 익호라는 인물이 온전한 모습으로 완성되었다. 그는 자신의 목숨을 바쳐서라도 내게 귀속되길 바랐다. 그럼에도 내 감정이 동요하지 않은 건, 우린 명확히 다른 인간이기 때문이었다. 유양, 서익호, 이종명, 강은 언제나 자신에게 유리한 선택을 하는 사람들이었다. 필요하다면 인육을 먹고, 살인을 하고, 강도와 강간을 서슴없이 저지를 수 있는 부류였다. 언제나 불리한 선택을 해온 나로선 이해할 수 없는 무리였다.

"어디로 가면 되죠?"

강은 자신의 은신처 주소를 댔다. 나는 운전사에게 목적지를 말하고 구시가지를 달렸다.

"왜 이제야 말하는 거예요?"

10년이 넘도록 강이 침묵한 이유가 궁금했다.

"익호가 당신을 사랑한다는 걸 확신하기까지 딱 그만큼 걸렸어요."

강은 익호에게 가장 간절한 걸 눈앞에 던져주고 빼앗아 버리기로 결심했다. 그게 자신을 잡아먹은 결과여도 좋고, 어느 환족 여인의 평화여도 좋다고 생각했다.

"시간이 없습니다."

통화음에서 강의 목소리는 사라지고 귀에 익은 배우 목소리 몇 개가 웅성거렸다. 나는 위 앞니에 혀끝을 대어 "네"라고 대답하려다 그만두었다.

나는 방금 한 사람이 두 번째 죽는 광경을 목격했다. 양의 손가락을 다 잘라냈을 때, 그녀의 몸에선 희미한 김이 피어올랐

다. 벌어진 입안의 혀는 목구멍으로 말려 들어가 까맣게 뭉쳐 있었다. 안구가 바싹 말라 안와는 빈 우물처럼 패었고, 얇아진 귓불이 핵먼지처럼 공기 중으로 흩어졌다. 내가 죽인 사람들의 마지막 얼굴을 떠올렸다. 바보 같은 표정들이었다. 잦아드는 재채기를 다시 돋우기 위해 광원을 향해 가느다랗게 눈을 뜨고 입을 벌린 그런. 그럴 만했다. 이유도 모른 채 느닷없이 경추가 꺾이거나 뒤통수를 가격당했으니까. 간혹 타격을 견디고 몇 마디 말이라도 할 수 있는 자들은 내게 물었다. 왜 나야? 죽이려면 그 여자애를 죽여야지. 우린 공범이잖아.

그래서 죽어야 한다는 건 설명하지 않았다. 목격자인 단화가 세상에서 사라지길 바라는 당신들을 용납할 수 없었다. 내가 없는 세상이 오더라도, 내가 만든 세상 안에서 그녀만큼은 안전해야 했다. 이반은 명분 없는 살인을 금지시켰지만, 사랑보다 더 큰 명분이 세상에 존재할 리 없었다.

나는 지옥이나 천국, 내세를 믿는 사람이 아니다. 오로지 현재와 현실만이 인간의 영역이었다. 그래서 양의 기이한 죽음이 전원 버튼을 누르고도 업데이트가 시작되어 종료되지 않은 노트북 같은 것으로 이해했다. 어차피 내다 버릴 노트북인데 꾸역꾸역 업데이트를 마치고 전원이 꺼지길 기다렸을 뿐이었다.

"보지 마라. 눈을 감아도 평생 남는다. 유족은 이런 거 보는 거 아냐."

일성이 점퍼를 벗어 동생의 주검을 바라보는 자연의 얼굴을 덮었다.

"봐야 해! 또 살아날지도 몰라. 양이는 그런 애예요. 얌전한 얼굴로 다시 돌아와 기어코 나를 죽이고, 아저씨를 죽일 거야. 올무를 만든 우리 모두를 파괴하고, 지옥으로 끌어들일 거라고!"

내내 침착하던 자연이 점퍼 안에서 흐느꼈다. 그녀는 동생에게 죗값을 물으려고 살인을 의뢰했던 게 아닐지 모른다. 그저 죽음이 두려운 생존자였는지도. 자연은 앞으로도 행복할 수 없었다. 복수를 마친 인간, 위협자가 사라진 인간들은 모두 먼 하늘에 정신을 팔고 재채기를 돋우는 표정으로 살아갈 수밖에 없을 터였다. 지금쯤 나도 그런 표정이겠지만.

"위로가 될지 모르겠지만, 시신은 제가 확실히 처리하죠. 약속한 금액은 유양 계좌로 넣어주세요. 그 돈을 쓸 사람은 목단화입니다."

K5에서 뭔가 소란스러운 소리가 들렸다. 고개를 돌려 보니 단화가 누군가와 통화를 하고 있었다. 이제 그만 내가 한 약속을 지키러 떠나야 했다. 양의 생을 오차 없이 단화에게 이식해주려면 매일 한 움큼씩 아스피린을 삼켜 피를 흘려내야 했다.

양의 시신을 트렁크로 옮기려 허리를 숙였다.

"여기서 잠깐 기다리세요. 강이……, 전해줄 게 있다고 했습니다."

일성은 자연을 스타렉스로 옮기고 돌아왔다.

"강을 압니까?"

내 물음에 일성은 고개를 주억거렸다.

"시설에서 만났어요. 정확한 건 모르지만 아마도 당신에게 속죄하고 싶어 하는 것 같아요."

거짓말은 아닌지, 일성의 얼굴을 세심하게 살폈다. 하지만 그 역시도 재채기를 돋우는 표정일 뿐 속내가 들여다보이지 않았다.

"강은 내게 속죄할 일이 없습니다. 대체 뭘 전해준다는 겁니까."

"속죄가 아니라……. 그렇다면 안됐네요. 뭔지는 모르겠습니다. 그럼 저는 이만."

일성은 난처한 표정을 거두고 다리를 절룩거리며 스타렉스 운전석으로 향했다. 그는 능숙한 솜씨로 차를 후진시켜 도로에 합류했다. 나는 강, 속죄, 전해줄 것이라는 단어를 되뇌며 죽은 양의 정수리를 내려다봤다.

"강이 내게 뭘 줄지 당신은 압니까?"

양은 말이 없었다. 단화라면 알고 있을까. 그러고 보니 단화가 심각한 표정으로 누군가와 통화했던 게 생각났다. 그녀의 전화번호를 아는 사람은 나와 기범, 종명 그리고 강뿐이었다. 나는 고개를 돌려 K5를 바라봤다. 보조석 문이 열린 채 차는 비어 있었다.

─── ∽ ───

 은서령역 앞에서 검은색 스타렉스 한 대가 끼어들었다. 이윽고 천둥 같은 폭발음과 함께 거리 전체가 짧게 요동쳤다. 강이 말하던 버튼은 아마도 K5 안에 숨겨둔 뇌관을 건드리는 장치인 모양이었다. 스타렉스가 급브레이크를 밟았지만 택시 기사는 노련하게 차선을 바꿔 가야 할 길로 향했다. 고개를 돌려 은서령역을 바라봤다. 스타렉스를 들이받은 자동차 넉 대, 시커먼 연기와 화염을 두른 역 광장이 멀어졌다. 양과 기범의 시체, 그리고 익호가 뒤엉켜 있는 곳이었다. 모두가 음수가 되어버린 자리를 향해 너무 늦게 경찰차가 달려갔다.

 나는 나의 원수로부터 은혜를 입어 살인자를 면했다. 극장에서 2시간 20분짜리 지리멸렬한 복수극을 보고 나온 관객처럼 현실의 피로와 허기를 느낄 뿐이었다. 공복이 너무 길었다. 이제 참깨와 들깨를 가리지 않고 먹을 수 있게 되었다. 우중충한 옷을 입고 편의점 도시락을 먹으며 매일 밤 맥주 한 캔을 마셔야 할 이유도 사라졌다. 그럼 이제 나는 무엇으로 살아야 할까. 어디서든 환족의 여인이고 이제는 부족장이 되었지만 아직 머물 터를 정하지 못했다. 뱃속에 아이를 품고 다시 한번 컨테이너선을 탈 수 있을까.

"기사님, 저 한국말 어때요, 잘해요?"

도착지가 얼마 남지 않았을 때 운전사에게 물었다.

"어이구, 외국인이셨어? 전연 몰랐네. 얼마나 사셨길래 한국말을 나보다 잘해?"

"10년이요."

"그 정도면 한국 사람이지. 먼저 말하지 말아요. 시장 노인네들은 외국인한테 덤터기 잘 씌워."

운전사는 비포장도로라 차 다 망가지겠다고 투덜거렸지만 차창 밖으로 평화로운 풍경이 이어졌다. 온통 숲과 황야, 개천으로 뒤덮인 강의 은신처는 아름다웠다. 이렇게 후미진 곳이라면 스며들어도 괜찮지 않을까, 마음이 기울었다. 유일하게 채워지지 않는 건 환족의 상징인 흐주간이었다. 여기선 씨앗을 구할 길이 없었다.

"담엔 여기로 콜 불러요. 가셔."

택시에서 내릴 때 운전사가 명함을 건넸다. 나는 비타500 상자에서 꺼낸 15만 원으로 택시비를 치르고 돌아섰다. 강의 은신처는 평화자원보다 넓고 잘 정돈되어 있었다. 펜스 대신 자작나무를 심어 울타리로 삼아 보기 좋았다. 그래서인지 공기가 유독 청량했다. 500평 남짓한 마당 안에 수리를 기다리는 자동차 넉 대가 줄지어 서 있었다. 경운기와 트랙터는 5대, 오토바이가 10대쯤 돼 보였다.

오른쪽엔 지붕 높은 창고가 보였고, 왼쪽엔 원목으로 지은 야트막한 집이 있었다. 마당과 집 사이는 휠체어가 드나들기 수월하게 완만한 경사로로 마감되었다. 어두운 항구에서 내 탑승권을 빼앗고 강간하려 했던 남자가 사는 곳이었다. 지난 10년간 나는 의식적으로 그날의 일을 지워냈다. 이 나라에 사는 보통의 사람들 속에 섞이려면 나 역시 복수가 아닌 생존만을 생의 목표로 삼아야 했다. 그리하여 살아남았고, 내 원수에게 은혜를 갚아야 할 날이 찾아왔다.

지쳐놓은 강의 집 현관문을 열었다. 코를 톡 쏘는 악취가 느껴졌지만 양과 보낸 하룻밤 덕에 견딜 만했다. 나무 마룻바닥엔 휠체어가 지나다닌 자리가 연하게 닳아 있었다. 그 길을 따라 악취의 근원으로 향했다. 키 낮은 싱크대가 설치된 부엌을 지나자 훤히 열어둔 작업실이 보였다. 용도와 사이즈를 네임 펜으로 휘갈겨 쓴 툴박스 수백 개가 한쪽 벽을 메웠고, 부검대처럼 차가워 보이는 스테인리스 작업대는 깨끗했다. 냄새는 한층 지독해졌지만 강의 모습이 보이지 않았다.

 악인이 늘 악하기만 합니까? 약자라고 영원히 피해자이기만 해요? 당신이 본 건 찰나에 불과해요. 지나치다 우연히 목격한 어떤 사건이나 사고라고요. 인간은 고루 악하고, 또 고루 선해요. 그래서 어느 시점에서건 약자가 되고, 패자도 되고, 악인이자 선인으로 살기 마련입니다. 유나 씨, 당신 앞에서 난 재벌 2세가 아닙니다. 약자이자 패자예요.

 진부한 드라마 대사가 툴박스를 붙여놓은 벽 쪽에서 웅웅거렸다.

 내가 목격할 때마다 지규 씨는 번번이 악인이었어요. 단 한 번도 누구한테 진 적이 있긴 해요? 진짜 약자고 패자라면 내 앞에서 이런 얘기, 그런 태도 보일 수 없어요. 지규 씨는 이 순간조차 악인이고 승리자예요. 그걸 모를 만큼 오만하다고요. 이제 그만 나가주세요.

 나무 마룻바닥에 벽 쪽으로 향한 휠체어 자국이 보였다. 자세히 내려다보니 벽 아래 레일이 깔려 있었다. 툴박스가 붙은 벽을 지그시 밀었다. 부드럽게 벽이 밀리며 감춰둔 공간이 드러났다. 붉은 캐노피로 감싸놓은 침대, 포커 한 목이 헤쳐진 원탁 테이블, TV 한 대와 휠체어가 놓여 있었다. 한 걸음 들어서자 휠체어에 까맣게 앉았던 파리 떼가 일시에 비행을 시작했다. 날갯짓에 악취가 더욱 강해졌다. 냄새라기보다 굵고 공격적인 입자가 점막을 파고들어 눈과 코가 시큰했다. 손등으로 코를 가리고 휠체어에 다가섰다. TV는 혼자 떠들었고, 그 앞에 마주 앉은 사내는 핸드폰을 쥔 채 잠든 것처럼 보였다. 절반쯤 센 머리카락을 정수리에 돌돌 말아 올린 남자는 바싹 야위고 초라해 보였다. 움푹 꺼진 눈두덩이에 말라비틀어진 콧대, 길게 늘어진 인중과 헤벌어진 입. 1시간 전까진 살아서 나와 통화를 했는데, 강은 10년 전 죽어 서서히 미라가 된 시체처럼 보였다.

장의사는 고인의 선악을 판가름하지 않는다. 오직 주어진 역할에 충실할 뿐이었다. 지금 이 순간, 나는 장의사였다. 먼저 부엌으로 가 가장 큰 솥을 찾기로 했다. 선반 위엔 한 사람 몫의 식기만 물기 없이 바로 놓여 있었다. 싱크대 문을 열어보니 작은 프라이팬 하나와 라면 냄비, 그리고 곰솥이 보였다. 곰솥을 꺼내 물을 받았다. 닭 서너 마리밖에 삶을 수 없는 크기였지만 강의 작은 몸이라면 아슬아슬하게 담아낼지도 몰랐다. 물을 반절만 채워 가스레인지에 불을 올렸다. 한번 부르르 끓으려면 20분은 기다려야 했다.

나는 휠체어를 밀고 나와 강을 들어 올려 작업대에 올렸다. 그를 모로 눕히고 툴박스에서 가위를 꺼내 옷을 잘라냈다. 피부에서 하얀 각질이 우수수 떨어졌다. 펼쳐놓고 보니 무릎바위에서 썩고 있던 개보다 작았다. 말아 묶은 머리를 풀어보니 강의 키를 훌쩍 넘어 있었다. 몸이 온전했다면 발꿈치에 닿을 만한 길이였다.

 나는 아버지처럼 칼끝을 세워 강의 빗장뼈와 흉골 부위를 열어갔다. 단화야, 잘 봐라. 엄장이 큰 남자는 꼭 흉골을 부숴야 부피가 줄어. 얼굴은 하악을 분리해서 경추 방향으로 말아야 모양이 잡힌다. 척추 사이사이에 칼집을 넣어야 해. 옳지, 그렇게, 그렇게. 정강이가 제일 단단하다는 걸 잊지 말거라. 다른 집에선 정을 돌 다듬을 때 쓰지만 우리 목 씨들은 정강이뼈를 꺾을 때 쓰지. 정가운데 말고 조금 위, 그래 가장 뼈가 굵은 데에 정을 놓고 망치로 두들기는 거야. 아니다, 그렇게 세게 치면 뼈가 산산이 부서지지. 그걸 동물이 잘못 먹으면 식도에 걸려 앓다 죽기도 한단다. 얕게 쳐, 그렇지. 내장은 그대로 둬라. 아예 건드리질 말아. 암이든 궤양이든 어차피 삶으면 다 먹을 만해지니까. 하다 보면 익숙해진다. 그리고 깨닫게 되지. 인간은 기형이 참 많구나. 아니, 거의 대부분 뭔가 하나씩은 잘못돼 있기 마련이지. 어떤 이는 불알이 한 쪽인데 자식이 아홉이고, 어떤 이는 있어야 할 혈관이 없는데 무병장수했고, 어떤 이는 신장이 하나인데 그 하나가 남들 두 배 크기이기도 했지. 그런 몸뚱이들을 오래 보다 보면 나중엔 어떤 게 정상이었는지 가물가물해. 꼭 모든 게 제자리에 제 모양대로 생길 필요도 없는가 보더라. 누구나 죽으면 고기가 될 뿐이지.

아버지가 가르친 대로 근육과 뼈, 관절을 끊고 부수고 다독이며 강을 접어갔다. 고기칼은 여전히 성했고, 필요한 장비는 강의 툴박스에 가득했다. 환족 전통 방식이라면 굵은 무명실로 돌돌 만 몸을 고정하지만, 강에겐 폴리우레탄 자석 철사뿐이 없었다. 외려 초심자인 내게는 실보다 편리한 도구였다. 강의 몸은 마치 암모나이트 화석처럼 동그래졌다. 물 끓는 소리가 거세졌다. 나는 강을 들고 가스레인지에 올려놓은 곰솥으로 향했다. 와탄 와탄 이묵하얌탄, 아버지가 외던 주문 같은 말이 있는데 기억 속에서 나달나달하게 닳아 떠오르지 않았다.

"비로소 풀려났습니다. 그러니 다시 태어나지 마세요."

뜻은 같았다. 나는 강의 몸을 천천히 끓는 물에 담갔다. 앙상한 척추가 5백 원짜리 동전만 하게 수면 위로 올라올 정도로 빠듯했다. 그의 하반신이 있었다면 환족식 장례를 치를 수 없었을 터였다. 불을 줄이고 곰솥 뚜껑을 닫았다. 이대로 3시간을 기다리면 강은 한 냄비의 스튜가 될 것이었다.

강이 익어가는 동안 싱크대를 등지고 앉아 잠이 들었다. 초저녁의 나부해변 풍광이 펼쳐졌다. 꿈이라는 걸 알았지만, 생시처럼 또렷했다. 소주 상표가 프린트된 앞치마를 두른 중년 여자가 누군가와 통화를 나눴다. 중앙아시아 언어였다. 응, 지금 여자애가 따라붙었어. 종명이 차 키는 잘 숨겨놨지. 한참 찾아야 할 거야. 종명이까지 갈 것 없이 지금 익호를 불러내. 저 여자애를 좋아한다며? 하아, 알았어. 기다릴게. 강, 우리 남편 잊지 않았지? 명분 없는 살인의 대가를 익호가 치르게 해줘. 강, 확실히 대답해.

  무대의 뒤편에 선 기분이었다. 멀찍이서 바라보니 세상은 생각보다 정교하게 맞물려 돌아갔다. 나는 뜨끈한 곰솥을 들고 여행자 거리를 지나 모래밭으로 한발 내디뎠다. 멀찍이 쥐색 코트를 입은 여자가 한 손엔 회칼을 쥐고 또 다른 쥐색 코트 입은 여자를 뒤따랐다. 양과 양이 되고 싶은 나였다. 어제의 나는 양을 향해 스벅스벅, 사박사박 다가가며 회칼을 치켜들었다. 들리지 않아도 알 수 있었다. 양은 "왜?"라고 물었을 테고 나는 감각을 곤두세워 칼을 휘두를 터였다. 네 터전을 다오. 내가 뿌리내리게.

  양이 병 커피와 등산 스틱으로 공격하는 동안 고통과 죄책감을 잊으려 강을 떠올렸던 것 같다. 억지로 기억에서 지운 그 사내의 이목구비를, 주먹과 발길질과 바지 단추와 지퍼를, 항구의 지린 악취와 등허리에 상처 내던 깨진 유리병을. 아무도 보상해

주지 않고 나조차 외면한 어떤 날의 기억을 가래처럼 돋워내고 있었던 것 같다.

　나는 두 명의 나를 외면하고 무릎바위로 향했다. 곰솥의 열기에 손과 가슴이 뜨끈했다. 바위의 편편한 면을 밟고 내 키만큼 올라가자 죽어가는 개가 내려다보였다. 종양으로 부푼 배에 구더기가 끓고 혈변을 실금한 누런 암캐였다. 죽어가면서도 생명을 키워내는 기특한 개가 나를 구원자처럼 바라봤다. 그때, 내 등 뒤로 헉헉대는 숨소리가 들렸다. 어제의 나였다. 죽은 양의 사진을 찍어 종명에게 보내고 잠시간 시신 숨길 곳을 찾아 예까지 올라왔었다. 어제의 내가 내 옆에 섰다. 나는 죽어가는 개를 바라보며 몸을 떨었다. 정말 개가…… 있다니까. 누런 쌀개가 있어. 배에 구더기가 잔뜩 났는데 죽질 못하고 눈을 똥그랗게 뜨고 있다고. 누가 말뚝을 박고 거기 묶어둔 거야. 산 개가 있는데 어떻게 시체를 던져.

　어제의 나는 죽어가는 개가 딱해 어쩔 줄 몰라 하다 바위를 내려갔다. 나는 뒤돌아보지 않았다. 여기서 내가 해야 할 일은 한 가지였다. 죽어가는 개를 죽은 강으로 되살리는 것. 환족의 장의사가 수천 년을 반복해 온 숭고한 의식이었다. 나는 곰솥 뚜껑을 열었다. 맨 위층은 누런 지방으로 찰랑거렸다. 그걸 바위 안으로 쏟아냈다. 차가운 바닷물에 기름이 하얗게 굳어 포말처럼 부서졌다. 개가 코를 큼큼댔다. 그래, 아직 살고 싶으니 됐다. 나는 곰솥을 거꾸로 들었다. 김이 풀풀 나는 한 덩어리의 고기가 쑤욱 빠져나가 반은 모래에, 반은 바닷물에 잠겼다. 개의 수염이 고기를 향해 힘차게 솟구쳤다. 거무죽죽한 혀가 강의 살점을 핥았다. 등인지, 어깨인지, 어쩌면 엉덩이인지 모를 회색 살점 한 움큼이 개의 앞니에 찢겨 혀로 감겨 들어갔다. 단지, 쓴지 모를 고기는 느리지만 조금씩 사라졌다. 누워서 고기를 먹던 개가 어느 사이엔가 몸을 일으켰다. 고작 엉성한 이와 얇은 혓바닥만으로 뼈와 살을 깨끗이 분리해 나갔다. 질길 것도 없는데 개는 종종 체머리를 흔들며 고기 찢는 흉내를 냈다. 끓는 물에 푹 익은 내장은 뭐가 뭔지 구분이 되질 않았다. 개는 크고 작은 주머니 모양의 장기를 어기차게 먹어 치웠다. 잘 끊어지지 않는 긴 내장은 중간을 앞발로 눌러 고정한 다음 고개를 좌우로 흔들어 가며 꼭꼭 씹었다.

　나부해변에 밤이 깃들었다. 몸을 일으켜 산업단지를 바라봤다. 불을 밝힌 공장과 사무실 몇 개가 눈에 들어왔다. 지금쯤 양과 나는 종명을 살해하고 있을 터였다. 보글보글 냄비 끓는 소리가 요란하다. 꿈에서 깨어나야 할 때였다. 그러고 보니 어제까진 대신 죽어도 괜찮을 만큼 사랑했던 기범은 얼굴 윤곽조차 희미했다. 모두가 유죄였고, 나 역시 다르지 않았다. 유죄인 사람들은 사라지는 것이 마땅했다. 분명 죄를 지었다고 생각했지만, 어쩐 일인지 나 홀로 살아남았다. 그게 축복인지 저주인지 알 길이 없었다.

 핸드폰 진동음에 꿈에서 깨어났다. 조리대 위에 나란히 올려놓은 나와 양의 핸드폰 중 하나였다. 양 핸드폰 액정이 환하게 달아올랐다. 입금 알림이었다. 의뢰인인 자연이 약속한 잔금일 터였다. 얼마일까, 핸드폰을 잡으려다 손을 거두었다. 패턴을 풀고 은행 앱에 접속해 돈을 건드리는 순간, 나는 죽는 날까지 유양으로 살아가야 했다. 파계시로 돌아가 양의 이름으로 배달된 물건들을 수령하고 웹디자이너 구인 공고를 뒤져 재취업을 노리고, 매일 밤 맥주 한 캔과 편의점 도시락을 먹어야 했다. 악의와 증오가 마그마처럼 끓지만, 냉담한 표정으로 속내를 감춘 양으로 적어도 50년을 버틸 수 있어야 했다. 그러고도 나는 환족이라 말할 수 있을까.
 곰솥에서 흘러나온 누린 수증기가 부엌을 가득 메웠다. 구역질이 일었다. 나는 개수대 앞에 뚫린 창문을 열고 차가운 공기를 마셨다. 침엽수가 드물어 군데군데 눈과 흙이 선명한 동산 하나가 보였다. '후~' 길게 숨을 내뱉고 '흡~' 길게 공기를 들이마시자 한 가닥, 익숙하고 상쾌한 향이 몸을 각성시켰다. 내 피와 살의 일부이던 흐주깐 향이었다.

 나는 현관으로 달려나가 부엌 창에서 내다보이는 뒷마당으로 향했다. 마당엔 컨테이너 한 채가 자물쇠도 걸리지 않은 채 놓여 있었다. 컨테이너로 다가가자 흐주깐 향이 더 짙어졌다. 문손잡이를 잡았지만 차마 열지 못했다. 그 안에 서로 국적이 다른 11명이 희망 없는 표정으로 웅크리고 있을 것만 같았다. 잭나이프 칼날에 맺힌 피를 혀로 핥는 익호, 반 토막의 몸뚱이로 나를 응시하던 강, 구더기를 집어 먹는 남자아이와 그걸 말리는 여자, 그리고 나. 문을 여는 순간, 음의 세계에 쭈그려 있던 모든 이들이 악다구니 지르며 나를 덮치는 상상이 눈앞에 생생했다. 하지만 물러설 수 없었다. 이번만큼은 내게 유리한 선택을 하고 싶었다. 망상 앞에 도망치지 않고 실체를 들여다보기로 했다. 두 눈을 부릅뜬 채 컨테이너 문을 열었다. 매운 향이 몸을 덮치며 눈이 시리고 재채기가 터져 나왔다. 흐주깐이 있는 게 확실했다.

 컨테이너 안엔 가축분 퇴비 몇 자루와 붉은 고무통, 무언가 가득 담긴 자루가 빠듯하게 쌓여 있었다. 나는 벽에 손을 더듬어 조명을 켰다. 고무통 위엔 제피 기름이란 글씨가 휘갈겨 적혀 있었다.

 "제피라고?"

자루에도 같은 필체로 쓴 건제피라는 글씨가 보였다. 나는 자루 하나를 끌어내려 단단히 묶은 끈을 풀어냈다. 안에 든 건 말려서 더 검붉어진 열매였다. 몇 알을 손바닥에 올려 입으로 털어 넣었다. 특유의 향과 맵고 아린 맛, 흐주깐이었다. 당혹스러웠다. 세상에서 오직 환족만이 키우고 말려 내다 파는 줄 알았던 열매가 여기서도 제피란 이름으로 존재했다. 소중한 것이 흔해빠졌다는 걸 깨달았지만 서운하지 않았다. 봄이면 흐주깐 가지에 초록 잎이 움틀 터였다. 물오른 가지엔 날카로운 가시가 촘촘히 돋아나고, 순식간에 순이 자라 노란 꽃이 만발하겠지. 그때 그곳에 내가 있기만 하면 되었다.

컨테이너를 나와 눈이 덜 녹은 동산을 올랐다. 강이 열심히 드나들었는지 동산엔 매끈한 등산로와 굵은 말뚝을 박아 연결한 동아줄이 보였다. 침엽수가 적은 이유를 알 것 같았다. 산은 흐주깐 경작지나 다름없었다. 산 초입부터 일렬로 늘어선 흐주깐 나무는 둥치마다 퇴비가 쌓여 있고 얼지 않게 방한 부직포로 덮여 있었다.

강의 집으로 돌아와 작업실 소파 테이블에 놓인 노트북을 열었다. 제피를 검색해 보니 나무와 생과가 내가 알던 흐주깐이었다. 자동 로그인된 메신저에서 연달아 새 메시지가 올라왔다.

오목눈 코쟁이가 연락을 안 받아. 강, 너도 지문 만들 줄 알지? 손가락은 잘라놨어. 네가 좀 와주면 안 되냐? 아니, 너 어디 있는지 주소만 알려줘. 내가 갈게. 불체자 새끼가 당장 안 내놓으면 나 때려죽이겠다고 방망이 들고 서 있어.

나 추레라 끄는 이기철인데 지금 AS 안 됩니까? 자꾸 지문 오류가 난다고 환불해 달라는데 익호는 왜 전화를 안 받는지.

그 미안마 아저씨 아득바득 하겠답니다. 근데 죽어줄 아저씨랑 체형은 비슷한데 하관이 영 달라서 께끄름해요. 이거 받아요, 말아요? 익호 형이랑 같이 계시죠?

나는 일어서려던 마음을 접고 강과 익호를 대신해 채팅 창에 타이핑을 했다.

안타깝지만 당신은 불체자의 손에 죽을 거야. 목숨을 부지하고 싶으면 돈을 포기해. 근데 그게 생각처럼 잘 안 되겠지. 몸부림치면 칠수록 더 고통스럽게 죽을 거야. 뼈가 부러지고 내장이 찢어지고 대가리가 깨지겠지. 몸이 불편해 조문은 못 간다.

AS는 안 됩니다. 근데 당신 진짜 이름은 뭡니까? 어디서 태어나 누굴 죽이고 기철이란 남자로 사는 거죠? 이 질문을 내가 아닌 경찰이 하게 된다면 뭐라 답할 건가요? 그러기 싫다면 죽은 듯 살기 바랍니다. 익호는 당신 생각보다 훨씬 가까이 있을 테니까요. 거래선 끊습니다.

익호는 내 손에 죽었어. 폭발 사고로 몸이 산산조각 나버렸지. 내가 예언을 하나 할게. 넌 미얀마 아저씨를 고향에 돌려보낼 거야. 싫다고 하면 불체자로 신고하겠다고 호통을 치겠지. 아저씨를 돌려보내고 나면 전화번호를 바꾸고 싶을 거야. 사업장도 닫을 거고. 남을 비틀어 너를 채운 과거를 후회하겠지. 그래야 너도 산산조각 나지 않을 테니까.

마지막 메시지를 전송했다. 여기서 해야 할 일이 하나 더 늘었다. 익호와 강을 대신해 그들의 수족이던 브로커들을 겁박하는 일이었다. 자신이 팔아넘긴 목숨들이 되살아나 저벅저벅 걸어 돌아올 때까지 옴짝달싹할 수 없게 붙잡아 두고, 매일 밤 악몽에 시달리게 만드는 일들 말이었다.

곰솥에 든 강이 끓어넘치는 소리를 냈다. 해가 지기 전에 나부해변으로 가야 했다. 강을 풀어주고 그가 개의 먹이로 깨끗이 비워지길 기다릴 시간이었다. 강이 떠난 자리엔 건강한 백구 한 마리가 온몸을 흔들어 물기를 털어내겠지. 껑충, 바위를 뛰어올라 입을 실룩거리며 내가 자신의 새 주인이 되길 바랄지도 몰랐다. 나부해변의 강은 사라지겠지만 어딘가에선 새로이 존재할 수도 있겠지. 저 아래 음의 실수로.

**작가의 말**

 할머니가 돌아가셨다. 작품의 후반부를 남겨 놓고 골몰하던 지난 1월이었다. 100세를 넘겼으니 퍽 장수한 편이었고 질환도 없는 자연사였다. 가족들은 순번을 정해 요양원 임종실을 지켰다. 할머니는 옆집 동무가 위안부에 끌려가기 싫어 유방을 잘라낸 걸 보고 겁이 나 이름만 아는 먼 동네 청년에게 시집 온 여인이었다. 키가 작고 인물은 보잘 것 없지만 손이 야무진 데다 억척스러웠다. 젊어선 논과 밭농사를 지었고 중년엔 포도와 사과, 배 과수원을 경작했다. 노년에 이르러선 자식들이 키워달라고 맡긴 손주와 개를 거두면서도 한복을 지어 팔았다. 할머니는 내 작품에 자주 등장했다. 해박하거나 음흉하거나 때론 자애롭고 따뜻한 노인으로 배역이 바뀌었다. 그 모든 게 한 사람에게서 기인했다는 걸 이제야 밝힌다.

할머니는 와병 후 거의 한 달만에야 숨을 거두셨다. 고백컨대 나는 할머니가 조금 더 일찍 돌아가시길 기도했다. 임종이 코앞인데 할머니는 쉬이 눈을 감지 못했다. 혀가 안으로 말려들어가고 피부를 꼬집어도 감각을 느끼지 못했다. 거칠게 숨을 몰아쉬며 돌아가신 외증조할머니를 부르기도 했다. 그러다가도 한 고비를 넘기면 나와 동생에게 밥은 먹었는지 묻기도 했고 천수경을 외기도 했다.

내 지근거리엔 언제나 할머니가 있었다. 졸업과 입학, 결혼과 출산, 첫 책과 첫 인세의 기쁨을 가장 먼저 알린 사람이 그녀였다. 그때마다 들었던 말이 떠오른다. 장사다. 우리 지영이 장사야. 남들 다 하는 먹고 살려는 노력을 그토록 응원해주는 사람은 할머니뿐이었다. 그녀가 죽음과 사투를 벌일 때 나는 응원할 수 없었다. 해선 안 됐다. 고통과 두려움으로 일그러진 얼굴을 쓰다듬으며, 할머니 어서 편하게 떠나세요, 등을 떠미는 게 자손으로서 할 수 있는 일의 전부라고 생각했다. 그 한 달의 시간은 매일 울고 매일 술을 마셨으며, 세상 모든 신들에게 할머니의 안락한 죽음을 기원했다. 그러다 문득 깨달았다. 자연사라는 게 인간이 서서히 메말라 미라가 되는 과정이라는 것을. 삶의 모든 과정들이 우주의 순리대로 흘러왔듯, 죽음 또한 일정한 과정을 통과해야 성취되는 과제라는 것을. 그러고 나서야 나는 울음을 그쳤고, 무엇에게도 빌지 않게 되었다. 이따금 사랑한다 말해주며 손을 잡아주다 집으로 돌아오는 일상을 받아들였다. 며칠 후 할머니는 가족들이 자리를 비운 사이 영면하셨다.

이 작품엔 할머니의 죽음이 일부 섞여 있다. 그녀는 별이 되었지만 육신과 영혼은 나의 일부로 남았다. 또 나의 작은 일부가 작품 속 양과 단화로 스며들었다. 할머니의 삶과 죽음의 경계를 오래 목격하고 글로 옮긴 이야기인만큼 내게도 특별한 책이 되었다. 독자들에게도 이 마음을 공유하고 싶었다.

여름과 가을의 경계에서
강지영

# 양의 실수

**1판 1쇄 발행** 2025년 10월 30일

**지은이** 강지영
**펴낸이** 이성욱
**편집** 피소현 장인숙
**디자인** 스튜디오 글리

**펴낸곳** story.B
**주소** 경기도 부천시 길주로 1 417호(상동)
**등록** 2015년 3월 27일(제2015-000025호)
**문의 전화** 070-4148-1069  **팩스** 032-326-1069
**전자우편** webtoon@storycompany.co.kr
ISBN 979-11-94222-09-5  03810

책값은 뒤표지에 있습니다.
잘못된 책은 구입하신 곳에서 바꿔드립니다.